MW01686441

UNA TIERNA TRAMPA

Adriana correspondió con placer al beso de Raúl rindiéndose al calor de sus labios que cubrían los de ella, y a sus brazos fuertes que la rodeaban. Hacía mucho tiempo desde que ella se había entregado a las caricias de un hombre. Se sintió como una mujer por primera vez en lo que le parecía una eternidad.

Él rompió el beso que había sido demasiado breve, y la miró a los ojos. En las cejas de él se veía un ceño, y una incertidumbre se ocultaba en la profundidad de sus ojos café cacao.

—Dispénsame por el modo en que actué antes—suavemente, él le acarició la cara, rodando sus dedos sobre la piel. Ella se estremeció con la caricia—. No sé lo que me pasó. Tenemos tan poco tiempo, y quería llegar a conocerte. Sé que fui descortés, y yo...

—No—ella lo interrumpió, poniéndole uno de sus dedos sobre los labios—. No te disculpes, no dijiste nada malo—*excepto acerca de su papá,* ella pensó. En eso, él había errado. Él no conocía al padre, y no podía saber nada de los sacrificios que él había hecho, ni a los sueños que había tenido que renunciar por su familia. Pero por tener los brazos fuertes de Raúl alrededor de ella, Adriana estaba más que dispuesta a pasarle por alto el error que había cometido.

BOOK YOUR PLACE ON OUR WEBSITE AND MAKE THE READING CONNECTION!

We've created a customized website just for our very special readers, where you can get the inside scoop on everything that's going on with Zebra, Pinnacle and Kensington books.

When you come online, you'll have the exciting opportunity to:

- View covers of upcoming books
- Read sample chapters
- Learn about our future publishing schedule (listed by publication month *and author*)
- Find out when your favorite authors will be visiting a city near you
- Search for and order backlist books from our online catalog
- Check out author bios and background information
- Send e-mail to your favorite authors
- Meet the Kensington staff online
- Join us in weekly chats with authors, readers and other guests
- Get writing guidelines
- AND MUCH MORE!

Visit our website at
http://www.pinnaclebooks.com

LA MEJOR APUESTA

Hebby Roman

Traducción por Graciela Ramsay

PINNACLE BOOKS
KENSINGTON PUBLISHING CORP
http://www.encantoromance.com

PINNACLE BOOKS son publicados por

Kensington Publishing Corp.
850 Third Avenue
New York, NY 10022

Copyright © 2000 by Hebby Roman

Spanish translation copyright © 2000 by Kensington Publishing Corp.

Traducción por Graciela Ramsay

Reservados todos los derechos. Se prohíbe la reproducción parcial o total de este libro por cualquier medio sin permiso previo y por escrito de la editorial, excepto para citas breves en reseñas y artículos.

Si usted compró este libro sin la tapa, debe saber que se considera robado. Fue reportado a la editorial como "no vendido y destruido", y ni el autor ni la editorial han recibido pago por él.

Pinnacle and the P logo, Encanto and the E logo, Reg. U.S. Pat. & TM Off.

Primera edición de Pinnacle: December, 2000
10 9 8 7 6 5 4 3 2 1

Capítulo Uno

—Ya no somos niños —comentó Raúl Escobedo. Inclinándose hacia el motor del coche, se ajustó los lentes que tenían tendencia a resbalársele sobre la nariz.

Su hermano gemelo, Damián Escobedo, con la cabeza metida en el interior grasoso de un Mustang 1965, no le prestó atención al comentario.

—¿Me puedes dar aquel par de pinzas de puntas de aguja? —desde abajo del capó del coche extendió una mano, palma arriba, esperando las pinzas.

Raúl las encontró, y las plantó en la mano de su hermano.

—¿Escuchaste lo que dije, Damián? Tengo demasiados años para hacerme pasar por ti. Eso estaba bien cuando éramos chiquillos y queríamos engañar a las maestras. Pero...

—¿Qué pasa? ¿Tienes miedo de no poder colocarte a mi altura? —su hermano le dijo en son de burla.

—No seas ridículo. Simplemente no quiero jugar a esa necedad engañosa —Raúl dio la vuelta para retirarse.

Como si su hermano hubiera tenido ojos detrás de su cabeza y supiera que ya se retiraba, Damián exclamó:

—Espérate un momento. Ya casi termino. Mientras tanto, dame esa llave, ¿eh?

Murmurando entre dientes, Raúl tomó la llave y

la plantó en la mano abierta de su hermano. Como de costumbre, Damián se estaba portando injusto y altanero, y además, pensó Raúl, ya estaba fastidiado de argüir nada más con la voz de Damián.

Nunca había podido comprender la fascinación de su hermano por los automóviles y motores. Para Raúl, un coche era sólo un medio de transportación, punto. Él y su hermano eran tan diferentes como el verano y el invierno, con excepción de sus caras y cuerpos que eran idénticos.

—Ésta no. Está métricamente calibrada. Necesito... —Damián levantó la cabeza y se pegó contra el capó.

—¡Cabrón! —al decir esa maldición salió del capó frotándose la parte superior de la cabeza con una mano grasosa. Dándole una ojeada a Raúl, Damián debía haber percibido su impaciencia, y dijo—: Después termino. Necesitamos hablar.

Iba a poner su brazo sobre los hombros de Raúl, pero se detuvo porque estaba cubierto de grasa. Sonriendo, se encogió de hombros y tomó un trapo tirado sobre el parachoques. Quitándose casi toda la grasa, le preguntó:

—¿Quieres una Coca?

—¿Está mamá en casa? —Raúl titubeó, pues no quería aún más gente en su contra.

—No, se fue de compras, y papá está en uno de los restaurantes.

—Bueno, entonces pasaré.

Últimamente había estado eludiendo a sus padres. Él, como Damián, tenía su propio departamento, pero su hermano guardaba su antiguo Mustang en el garaje para cuatro coches de la casa de sus padres.

Cuando Raúl entró a la cocina de sus padres, se llenó de recuerdos de su niñez, casi olvidados. Respirando profundamente, reconoció que a él no le gustaba eludir a sus padres. Era más, hasta los extrañaba. Pero estaba cansado de sus bien intencionados consejos e interferencia en su vida personal. Había veces, especialmente después de una reunión familiar, que lo hacían sentirse como si estuviera anclado en el fondo del océano, tratando de respirar.

Y ahora, su gemelo quería interferir diciéndole lo que debía hacer. ¿Por qué no se había ido, como quiso hacerlo, después de escuchar la treta descabellada de su hermano? Sabía que no tenía caso alegar con él. Damián siempre se había salido con la suya desde que llegaron a la edad de pelearse entre ellos por sus propios muñecos GI Joes.

Raúl se sentó a la mesa de plástico laminado, y observó a su gemelo mientras traía dos Cocas y vasos con hielo. Para ser a mediados de marzo era un día caluroso, pero dado el clima subtropical de San Antonio el calor inesperado no era raro. Las Vegas estaba en el desierto. Y aunque nunca había estado allá, sabía que también tenía la reputación de ser muy calurosa. Si le concidieran la posición, al menos estaría acostumbrado al clima.

Al reunirse con él en la mesa, su hermano le dio un vaso de Coca con hielo. De un trago se tomaron el dulce líquido en silencio. Raúl esperó pacientemente a que Damián iniciara su asalto.

Levantando la mirada, Raúl se dio cuenta de que su hermano lo estaba estudiando.

—Vas a tener que deshacerte de esos lentes —le dijo Damián—. Tienes lentes de contacto, ¿sí?

—Sí tengo, pero no me gusta usarlos —apretó sus puños—. ¡Y los lentes no importan porque no voy a aparentar ser tú!

—¿Por qué no? Se me ocurre que pudieras aparentar ser alguien peor que yo.

—Por mí no tienes que arreglarte, mi hermano, sé lo maravilloso que eres.

Era verdad. Damián siempre había sido el gemelo más popular y llamativo. Mientras que Raúl tenía su nariz metida en los libros, su gemelo había perseguido muchachas, sobresalido en fútbol, y había compuesto motores de autos. Cuando ellos maduraron las cosas no cambiaron mucho. Damián se había convertido en un gran agente de ventas de técnica informática para computadoras, y tenía una docena de novias. En cambio Raúl era un serio profesor de sociología. Y su vida personal... no quería pensar en su vida personal.

—Quiero que goces de Vegas en estilo. Nunca has estado allá, y yo sí, innumerables veces. ¿Por qué no habrías de usar mi viaje? Yo no tengo tiempo para ir, y te tratarán como rey. Te gustará mucho, usa mi viaje.

Y allí estaba el eje. La compañía para la que trabajaba Damián, en vez de bonos le había dado viajes de recompensa por exceder su cuota de ventas. Los centros turísticos se esmeraban, al estilo de un gran tahur, en servir a los favorecidos con viajes. Raúl tenía una entrevista de empleo en la Universidad de Las Vegas, y su hermano gemelo quería que usara su viaje.

Pero había un pequeño detalle: Raúl tendría que fingir que era su hermano gemelo y actuar como un tahur. Para Raúl esa idea era risible.

—Me sentiría como un impostor, Damián.

—Pero necesitas unas vacaciones. Tú mismo lo dijiste. La universidad tendrá que pagar sólo por una noche. ¿Por qué no combinas placer con negocios y te tomas unos días libres? Estás de vacaciones de primavera.

—Admito que necesito unas vacaciones, pero...

—Entonces, ¿cuál es el problema? —extendiendo su brazo sobre la mesa, alcanzó al hombro de Raúl y lo rozó con su puño—. Unas vacaciones cortas podrían cambiar tu perspectiva sobre muchas cosas —

Damián arqueó una ceja—. Como la idea de irte del pueblo definitivamente.

Así Raúl se dio cuenta de la verdadera razón. Porqué su hermano gemelo estaba tan intranquilo por el viaje. Al igual que sus padres, su hermano no quería que aceptara empleo y se mudara a Las Vegas. Todos los Escobedo vivían en San Antonio, formando un grupo unido.

Raúl nunca había vivido en ninguna otra parte. Hasta había hecho sus estudios superiores y su posgrado allí mismo. Y ése era el problema. Sentía como que su familia lo estaba sofocando mortalmente con su benévola preocupación.

Le incomodaba pensar en ello. En realidad, era más que incómodo. Que le arreglaran citas con amigas de la familia que él no conocía le era muy desagradable. Pero el plan más reciente era casi una descarada manipulación. Al pensar en ello sintió que la presión de su sangre le subía, y sabía que su cuello se le estaba enrojeciendo. Tan sólo de pensar en ello lo llenaba de ira.

—No me van a manipular —afirmó de plano—. Es vergonzoso. Y estoy harto de que mi familia analice mi desdicha personal.

Parecía como si su gemelo hubiera recibido una bofetada. Pero Damián siempre había sido un buen actor. Poniéndose de pie, Damián limpió la mesa, tiró las latas de Coca en el cajón de reciclaje y puso los dos vasos en el fregadero. Se paró frente a la ventana con su espalda hacia Raúl, y fijó su mirada hacia afuera a través del cristal.

Lentamente se volteó y se enfrentó a Raúl.

—Yo no quiero manipularte, y la familia no te quiere avergonzar —meneó la cabeza—. Simplemente estamos cansados de que seas tan desdichado —su voz sonaba esforzada—. Con mudarte no vas a arreglar nada. No puedes huir de ti mismo.

Ahora le tocaba a Raúl reaccionar como si le hubieran dado una bofetada. Todos lo compadecían. Era algo difícil de digerir. La vergüenza palidecía en comparación con la humillación que ahora le hormigueaba en sus entrañas. Su ira se derritió sólo para ser reemplazada por una especie de cansancio causado por su derrota.

Poniéndose de pie, murmuró:

—No me había dado cuenta de que estaba actuando como un desdichado. Por Dios, he tratado de olvidarlo —al levantar la cabeza, se encontró con la mirada de su hermano.

—Es una razón más para irme de aquí. Entonces nadie estará expuesto a mi infelicidad. —No hables así, tú sabes que eso no es...

—¿Qué importa? —dijo, interrumpiéndolo.

—¡Maldita sea! Esto me importa —su hermano dio un paso hacia él.

—Haz esto por mí, Raúl: Vete de viaje. Diviértete. Trata de olvidarlo.

Tal vez su familia estaría contenta si se fuera de viaje. Tal vez cesarían de recordarle lo infeliz que era. Tal vez lo dejarían en paz.

Se encogió de hombros.

—¿Por qué no? Tomaré tu viaje y me divertiré.

Alzó la mano y se ajustó los lentes en el caballete de su nariz.

—Pero eso no cambiará mi opinión de irme de aquí.

—¿Compraste los boletos para Caesar's? —Adriana de Los Santos gritó en su celular. Apoyando el teléfono sobre su hombro, sus dedos volaron sobre el teclado de la computadora, sacando a la vista los espectáculos con boletos disponibles.

—Sí, grupo de cuatro, los Preston. ¿Puedes darles una mesa en el centro?

Al oír la respuesta replicó:

—Muy bien. ¿Qué tal mañana por la noche? —pausó, esperando confirmación.

—Sí, tengo la pantalla frente a mí. Sé que el viernes no es conveniente, pero tengo dos ballenas con sus esposas que quieren...

Asintiendo por teléfono, estuvo de acuerdo.

—Entiendo, ¿y las sillas reservadas a la izquierda del centro del escenario? Siempre guardas asientos para... —asintiendo otra vez, escuchó mientras descubría otra pantalla—. Bueno, bueno, entiendo que te lo pido a último momento. ¿Y el Mirage? ¿Siegfried y Roy? Puedo tratar de convencerlos...

Sí puedes. ¡Magnífico! Resérvame cuatro asientos al frente y en el centro. ¿Nombres? Los Kotiaho y los Tsang. Sí, déjame deletreártelos.

Al concluir la transacción, Adriana apagó el celular y lo colocó sobre su escritorio. Luego se meció en su silla giratoria y cruzó sus piernas.

Su trabajo era estimulante, especialmente cuando obtenía lo que quería o negociaba para obtener algo mejor de lo que se podía esperar. Y si se cansaba del teléfono y de la pantalla de la computadora podía tener la satisfacción de ayudar a clientes, de enseñarles alrededor, y anticipar lo que necesitaban antes de que ellos lo mencionaran. Era satisfactorio sentirse triunfante y bien pagada aun cuando todavía estudiaba.

Tomó la taza con café, y al probarlo hizo una mueca porque estaba casi frío. Por encima de la taza, su mirada se cruzó con la de Sean, un compañero de trabajo. Él le guiñó. Pero ella, arqueando sus cejas, lo miró fríamente hasta que él comprendió y retiró su mirada.

Los clientes que la perseguían eran ya bastante

molestia y no había porqué aceptar, además, la de un compañero de trabajo. Varias veces Sean había tratado de citarla, y ella cortésmente siempre lo había rechazado. A pesar de eso, él todavía no aceptaba la indirecta. Con sus estudios de posgrado y su trabajo a tiempo completo, estaba muy ocupada. No tenía vida social, pero así debía de ser, se decía a sí misma. Al terminar su posgrado y aceptar una gran posición, tendría suficiente tiempo para socializar, pero por ahora le era imposible.

Frunció el entrecejo al echarle un vistazo a su reloj pulsera. En unos minutos debería de estar en el área de recepción para dar la bienvenida a un gran tahur llamado Damián Escobedo. Anteriormente, ella había tenido la intención de revisar su archivo para informarse de sus gustos y aversiones. Pero no había podido hacerlo por tener que atender a un grupo de chinos nacionalistas que quisieron alquilar un aeroplano para ver el Gran Cañón.

Girándose en su silla, quedó frente al monitor y escribió el nombre de Damián. Una pantalla apareció con toda su información personal y fotografía digitalizada. Estudiando la foto se sorprendió al descubrir que parecía muy joven para ser un gran tahur... y tampoco era mal parecido, ni en lo más mínimo.

Por falta de tiempo, no le prestó atención a la información personal y se concentró en sus gustos y aversiones. Repasando lo que a él le gustaba, sintió que en sus labios se asomaba una sonrisa. En este tipo de negocio, se desarrolla un instinto acerca de la gente al leer el archivo personal. Ese tipo, Damián, sonaba como un ex atleta y algo parrandero. Ella decidió que sería fácil complacerlo; simplemente habría que encaminarlo en dirección a las cantinas y mesas de apuestas más próximas.

A menos que tuviera alguien de "significado especial". Por lo general, cuando una mujer acompaña a un tahur, le cuesta más a la casa de juego. Entonces quieren boletos para espectáculos, transportación al centro comercial más cercano, y reservaciones en restaurantes epicúreos. Rutina, en el trabajo dentro de Relaciones de Huéspedes. Algunas de sus compañeras de trabajo rezongaban por las exigencias de los clientes. Pero ella no. Florecía con el reto.

Repasando la lista, le echó una ojeada a la reservación de Escobedo. No había ningún otro nombre. Sólo el de él. Pero nunca se puede saber de seguro, los tahúres son famosos por hacer lo inesperado. Al recordar las exigencias de otros tahúres, sonrió aún más. Recordaba algunas exigencias que podrían utilizarse en el programa de Jerry Springer. No importa lo que le pidan, si no es ilegal, ella está obligada a proporcionarlo con facilidad mágica.

Era buen negocio complacer a los tahúres. Cuando hacían apuestas simples de miles de dólares, dejaban mucho dinero en los cofres del casino. El mentado Damián probablemente no era diferente, y jugaría todo el día y toda la noche hasta agotar sus fondos o caerse de cansancio.

Él no traía compañera, ella especuló de nuevo. Tal vez eso no era buena señal. El único aspecto de su trabajo que le molestaba era el libido masculino. Para las ballenas y tahúres, apostar y tomar va con el sexo como el pan va con la mantequilla. Esencialmente, ellos la consideraban caza legal. Pero ella se rehusaba a que los "cazadores" la amedrentaran, y los rechazaba con cuidado para no ofenderlos. Un comportamiento profesional y frío era intencionalmente su defensa.

Miró de nuevo su reloj pulsera, tomó su bolso, y se levantó. Tenía el tiempo justo para ir a retocar su maquillaje y peinarse de nuevo.

* * *

—Señor Escobedo —ella le extendió su mano—. Gusto en conocerlo. Soy Adriana de Los Santos en relaciones de huéspedes, y quiero darle la bienvenida al hotel Xanadú. Espero que tenga una estancia placentera. Y por favor avíseme si hay algo que yo pueda hacer para que tenga una visita perfecta.

Él la saludó de mano y miró alrededor del área de recepción que estaba decorada como una sala de un hombre acaudalado. Un ceño apareció en su frente.

—¿No me voy a registrar? Una limusina con chófer me estaba esperando en el aeropuerto; ni siquiera tuve tiempo de recoger mi equipaje.

—El chófer simplemente siguió mis instrucciones, señor Escobedo. Queremos que encuentre todo perfecto.

¿Qué es lo que le preocupa? —pensaba ella. *Los tahúres están acostumbrados a las limosinas y a los chóferes. Y no se registran, el personal lo hace mientras que ellos beben o se van a las mesas.*

Sin que él se diera cuenta, lo recorrió con su mirada. Su camisa con el cuello desabrochado y sus pantalones eran Polo. Adecuados, pero no muy caros, con un toque conservativo para un tahur.

—¿Desea sentarse, señor Escobedo, tal vez un cóctel? ¿O ya quiere irse a las mesas? —ella le indicó una puerta de cristal opaco atrás del área de recepción—. Hay mesas privadas con discreción asegurada. O si prefiere la conmoción del casino, puedo traerle fichas.

Al sentarse, él se dejó hundir en un sillón de cuero, y deslizó sus largos dedos por su pelo ondulado.

—¿Así que ya se encargaron de todo, de mi registro y de mi equipaje?

—De todo —ella confirmó—. Nos encargamos de todos los detalles para que pueda gozar de su estancia.

Era el tahur más extraño que ella jamás había conocido. La mayoría eran arrogantes y esperaban que les sirvieran el mundo en una bandeja de plata. Este hombre no pasaba nada por alto. ¿Acaso podría ser éste su primer viaje de recompensa?

Si lo era ella debería explicarle su deber y los del hotel Xanadú. Pero si se lo explicaba y éste no era su primer viaje, entonces se arriesgaba a humillarlo con la explicación. Y si era el primero, tal vez él no quería que ella supiera que era un novato.

No sabía qué hacer. Debería haber repasado su archivo con más cuidado. En silencio, se reprochó por estar inadecuadamente preparada. Pero esto no sucedería otra vez. En lo sucesivo, trabajaría tarde, si fuera necesario, para cerciorarse de que sabía todo lo referente a sus huéspedes antes de que llegaran.

Echándole un vistazo, decidió que Damián Escobedo era lo suficientemente guapo como para ser arrogante y egoísta. Era hasta más guapo que en su fotografía digitalizada, pero también algo diferente, de cierto modo, en la expresión de su boca y de sus ojos. En la fotografía parecía ser un consumado sinvergüenza, seguro de sí mismo, con un toque de macho peligroso. Pero ya en persona parecía más suave y no peligroso. Si ella tuviera que ponerle un sello sería el de... fino.

Y "fino" no era una palabra que caracterizaba a los tahúres.

El timbre de alarma le sonó a Adriana en la cabeza. Desistió de su impulso de pedirle su identificación al recordar su foto en el archivo. Si se la pedía y estaba equivocada, iba a quedar mal al igual que Xanadú, hasta podrían despacharla. Pensó que sería prudente investigar y observar más.

Levantándose, él preguntó:

—Si todo está en orden, ¿puedo retirarme a mi habitación? ¿Dijo que me mandarán el equipaje?

—Desde luego, señor Escobedo. Lo que usted guste —ella le entregó su llave tipo tarjeta de plástico en un sobre—. En seguida le mando su equipaje.

—Por favor, no señor Escobedo. Llámame Ra... digo, Damián —volvió a correr sus dedos por entre su pelo ondulado, despeinándolo.

Adriana tuvo el impulso más extraño de acercársele para poner en orden sus cabellos. El impulso la asustaba y la excitaba al mismo tiempo, causándole un escalofrío, casi como, su mamá hubiera dicho, alguien a pie había cruzado su tumba. Deshaciéndose de esa reacción inapropiada, le extendió la mano otra vez.

Él tomó la mano de Adriana entre las de él en un gesto extrañamente íntimo. El toque de sus manos transmitía a las de ella calor y gracia en la resistencia a la tensión. Al sentir Adriana su mano entre las de él, sintió como que ratones le subían y bajaban por su columna.

Soltando la mano, Adriana le dijo:

—Casi se me olvidaba, ésta es mi tarjeta de negocios con mi número en Xanadú. Si se te ofrece algo, boletos, reservaciones para restaurantes, paseos... o si puedo ayudarte en algo más, por favor llámame.

Tomó la tarjeta y le dio un vistazo antes de ponerla en su bolsillo.

—¿Y si no estás en servicio?

—Una de mis compañeras te ayudará con gusto. De noche o de día, alguien siempre está en servicio.

Él sonrió con una sonrisa ladeada que le daba un toque de bribón. Había un fulgor en sus ojos, y un mensaje silencioso que ella conocía demasiado bien. Éste era el hombre que ella reconoció en la fotografía. Había hecho bien en no haber llegado a una conclusión errónea y pedirle su identificación.

—Gracias, has sido muy amable —contestó él. Inclinando la cabeza hacia el frente del área de recepción, preguntó—: ¿Es ésta la dirección a mi habitación?

—Sí, desde luego —se puso frente a él y se sintió extraordinariamente turbada, su comportamiento profesional debilitado por su reacción visceral hacia él. Yendo hacia el vestíbulo, ella le indicó—: Ya afuera, das vuelta a la izquierda, y ve al primer banco de elevadores a la derecha. Tu habitación está en el piso veintiuno.

—Otra vez, gracias —él le dijo.

Adriana lo vio caminando por el vestíbulo, y se percató de cómo ella le observaba las caderas que se le movían debajo de los pantalones azul marino. Un calor cubrió a su cara, y bajó los ojos. ¿Qué le estaba pasando?

Secamente, Raúl observó que su habitación en el piso 21 no era una simple habitación. Era un juego de dormitorio con dos recámaras, una sala y dos baños. Las pilas de los baños de burbujas eran tan amplias como para tomar lecciones de buceo. Todo aquello era una gran obra de alta tecnología, equipada con varios teléfonos, una computadora, máquina de fax, y una copiadora. O sea, había de todo, para jugar y trabajar. Para jugar habían dos videograbadoras, Sega o Nintendo, lo último en equipo para tocar CD y un aparato de DVD.

Era lo suficiente como para dejar a uno sin aliento, aun sin fijarse en las flores frescas, platos de frutas y cajas de chocolates Godiva aquí y allá. Además, había un bar surtido con suficientes licores como para alegrar la fiesta de cualquier político.

Raúl se paró en medio de la sala y meneó la cabeza incrédulo. Cuando su hermano le había dicho que lo tratarían como un rey, Raúl no había tenido idea de lo que eso significaba. Para su manera de pensar, esto era sorprendente y algo extravagante para una sola persona. Especialmente si esa persona era un impostor y no había hecho nada para merecer tal opulencia.

Fue a una de las ventanas de suelo a cielo, y separó tres capas de cortinas para poder ver afuera. La zona del *Strip* de Las Vegas estaba frente a él: una plétora de resplandecientes palacios de placer, algunos ejecutados en diseños singulares como un castillo o pirámide o estilo línea del horizonte de Nueva York. Había visto muchas películas filmadas en Las Vegas, pero eso no podía compararse con la realidad de estar allí. Aunque estaba suspendido a una altura de más de 20 pisos, podía sentir la vitalidad de la ciudad, el bullicio constante que nunca paraba, día o noche. Se puso a pensar, ¿cómo sería su vida allí?

Ese pensamiento le recordó de su entrevista programada para el siguiente día. ¿Dónde estaba su equipaje? De su ropa y efectos personales no le importaba, pero necesitaba sus notas y artículos para la entrevista. Quería repasar lo que iba a decir y las respuestas que daría a las preguntas.

Metió la mano en su bolsillo y sacó la tarjeta. Decía: "Adriana de Los Santos, Relaciones de Huéspedes". Le provocaba llamarla para preguntarle por su equipaje. Mucho le provocaba. Adriana de Los Santos era una criatura. Una "calientita", como diría su hermano.

Al cerrar sus ojos, le fue fácil configurar la imagen de Adriana. Diminuta pero redondeada en las partes debidas. Su traje severo no escondía la promesa sensual de su cuerpo. Su cabello largo, color castaño rojizo, le hacía marco a la cara en forma de corazón, y sus ojos azules bien separados, eran aterciopelados. Su boca con labios carnosos era para volver loco a un hombre visualizando en un ensueño los modos íntimos en que ella pudiera usarlos.

Raúl se dominó, y en un esfuerzo por deshacerse de su tentación, puso la tarjeta sobre la mesa coctelera. Entre menos contacto con la señorita de Los Santos, mejor. Simplemente el hecho de que notó que no traía anillo matrimonial era suficiente alarma. Por lo general no se fijaba en esas cosas. Moviendo su cabeza, trató de calmarse.

Además, ella ya sospechaba algo. Él había metido la pata varias veces con lo de la limusina y su registro. La confusión de Raúl no se le había escapado. Él había visto la sorpresa y sospecha en la cara de Adriana. En este mismo instante ella probablemente lo estaba investigando.

Grunendo, en silencio maldijo a su hermano. ¿Por qué Damián no le había advertido de la bienvenida especial que recibiría? ¿Por qué no lo había preparado para no parecer novato? Porque su gemelo no hacía las cosas así, Raúl se contestó sus propias preguntas. Su hermano navegaba por la vida en piloto automático, ajeno a los detalles frívolos que preocupan a mortales como Raúl.

Paseándose a lo largo de la sala, miró varias veces hacia la puerta, en espera de su equipaje que le habían prometido. Miró su reloj pulsera y se percató de que ya hacía una hora que estaba en su habitación.

Al restregarse los ojos se dio cuenta de que los lentes de contacto le molestaban. No estaba acostumbrado a usarlos, y el cambio de presión del avión no le había favorecido. Cómo deseaba quitárselos para descansar sus ojos, pero eso no era posible. El líquido para sus lentes estaba empacada en sus maletas.

Tomando el teléfono más cercano, se decidió y llamó al botones. Le dio su nombre, y el botones le pidió que sostuviera la línea. Luego le informó que debido a una confusión en la línea aérea su equipaje todavía no llegaba, pero el hotel estaba tratando de resolver la confusión.

Exasperado, colgó el teléfono. Cruzó hacia la mesa coctelera, levantó la tarjeta de Adriana y la miró fijamente. La regresó a la mesa. En un escritorio encontró un directorio de Las Vegas y el número local de la línea aérea.

Lo que pasó después fue una serie de conversaciones embrolladas hasta que lo comunicaron con el departamento de equipaje extraviado. Justo al creer que ya iba a solucionarlo, el empleado le pidió el número de las etiquetas de sus maletas.

De repente recordó que no las tenía. El chófer de la limosina las había tomado. Irritado por lo ridículo de la situación que le habían causado, trató de calmar su frustración y pidió el nombre del representante del departamento de equipaje extraviado. Anotando la información, colgó.

Volvió a cruzar hacia la mesa coctelera, y por tercera vez miró la tarjeta de Adriana.

Pensativa, Adriana estuvo parada en el vestíbulo por un largo rato después de que Damián Escobedo había doblado la esquina y desaparecido de su vista. Un empleado pasó rozándola. Se volvió a la realidad con venganza. Debía de localizar el equipaje. Él había ordenado que se lo mandaran a su habitación.

Apresurándose hacia el escritorio del capitán de botones, ella averiguó lo del equipaje. El chófer le dijo al capitán que no lo tenía. Algo había salido mal. ¿Dónde estaba el chófer?

Abriéndose paso entre el gentío, empujó y abrió una puerta giratoria hacia el cobertizo de coches.

Afuera encontró la limusina pero sin el chófer. Los porteros no le dieron razón, excepto que creían que el chófer estaba adentro.

Regresándose, siguió su corazonada y se fue derecho a la sala de descanso. Allí estaba el chófer, fumando y tomándose una Pepsi. Ella se enfrentó sin rodeos.

—¿Dónde están las maletas del señor Escobedo?

El chófer alzó las dos manos, palmas abiertas.

—No me culpe a mí, la aerolínea las extravió. Regresé al aeropuerto, pero no llegaron con el vuelo.

—¿Te dijeron en qué vuelo llegarían?

—No, no me dijeron nada.

—¿Quieres conservar tu trabajo?

Se encogió de hombros ante Adriana. Afirmando con una inclinación de su cabeza, el chófer se agazapó en la silla de plástico y apagó el cigarrillo. Hace bien, pensó ella. Ya ella había establecido su reputación al encargarse de que se despacharan a los empleados que no llenaban rigurosamente su alto nivel de servicio.

—¿Qué puedo hacer? —él acertó con esa pregunta.

—Regresa al aeropuerto y revisa cada vuelo que llegue.

—Pero tengo otro pasajero que recoger... —miró su reloj pulsera—. En veinte minutos.

Ella suspiró. Si uno quiere algo bien hecho, uno mismo tiene que hacerlo. Afortunadamente, ya había terminado su día hábil, y no tenía clases esa noche. Extendiendo su mano derecha, palma arriba, le pidió las etiquetas de las maletas.

—¿Se va a encargar de eso? —él le preguntó.

—Sí, yo lo atenderé. Es mejor que regreses al aeropuerto.

Tocándose la orilla de su bonete de chófer, se levantó de la silla y apresuradamente salió de la sala de descanso.

Su teléfono celular ya estaba sonando antes de que llegara a su oficina. Lo prendió. Era el capitán de botones informándole que el señor Escobedo había llamado pidiendo sus maletas. Le dijeron que la aerolínea las había extraviado, pero le aseguró que estaban tratando de recobrarlas. Adriana dio las gracias al capitán y apagó el celular.

Con sus dedos listos para marcar el número de la habitación de Raúl, se dio cuenta de que la situación enredosa en vez de agitarla la excitaba.

El equipo de teléfonos sonaron en el grupo de habitaciones de Raúl, haciéndolo brincar y tirar la tarjeta de Adriana. Tomó el auricular más cercano, esperando que fuera el capitán de botones diciendo que ya habían encontrado su equipaje.

—Sí —él contestó.

—Soy Adriana de Los Santos. La aerolínea extravió su equipaje. Pero eso ya lo sabe, ¿no? El capitán de botones me dijo que usted había llamado.

¿Era su imaginación? ¿O de veras sonaba nerviosa? Eso estaba bien, pues ella lo hacía sentirse aprensivo, como un paracaidista sin paracaídas.

—Necesito las etiquetas de las maletas para la aerolínea —él no había tenido la intención de ser tan brusco, pero se sentía tan impotente—. Se las di al chofer, y él...

—Lo sé —ella interrumpió—, encontré al chofer y yo las tengo.

—¿Quieres que baje a recogerlas?

Ella titubeó.

—Señor Escobedo...

—Por favor, llámame Damián —él la interrumpió, y se complació por haberse acordado de usar el nombre de su hermano gemelo y no el propio.

—Entonces, Damián —asintió—. Siento mucho la inconveniencia que esto te ha causado, y no quiero que malgastes ni un minuto más de tus vacaciones. Con todo gusto iré al aeropuerto a buscar tus maletas, aun cuando esto signifique quedarme allí toda la noche. El personal de Xanadú está aquí para servirte.

—Me parece que haces mucho más de lo que incumbe a tus deberes. Tampoco quieres malograr tu noche —él podía imaginarse muchos modos de malograrle su noche, modos que le aceleraban la circulación de la sangre.

—De ninguna manera, es parte de mi trabajo. En cualquier manera que pueda...

—Servirte —él terminó por ella.

Ella comenzaba a sonar como disco rayado. Pero a él no le incomodaba. Podría escucharla recitar el famoso discurso de Gettysburg toda la noche, y estar tan contento como un sapo en una letrina. Adriana tenía una voz baja, ronca, que resonaba muy especial por teléfono. Pero él deseaba que a ella se le quitara la obsesión sobre la relación entre huésped y empleado.

—Bueno, señor, digo, Damián, si no te molesta, me voy al aeropuerto.

Sonó un poco ofendida, aunque trató de esconderlo. Él no había querido ofenderla al terminarle lo que iba a decir. Sólo deseaba que a ella se le olvidara lo de servirle.

—¿Puedo ir contigo? —se le salió la pregunta.

—Tú sabes que eso no es necesario, soy mucho más que capaz para localizar tu equipaje —esta vez ella no se esforzó por cubrir su tono defensivo.

—Tengo suma confianza en tu habilidad, señorita de Los Santos —él quería apaciguarla—. Pero es *mi* equipaje, y no estoy acostumbrado a evadir mis responsabilidades —era una excusa débil, pero no podía decirle la verdadera razón porqué quería ir con ella—. Además puedo ayudarte. Mi equipaje se parece al de todos los demás. Al verlo, podría localizarlo para que así no tuvieras que revisar todas las etiquetas.

La pausa de Adriana fue larga. Él casi podía oír el razonar de su cerebro.

—Como gustes, Damián. Te recogeré en la entrada de enfrente, en el cobertizo de coches. Mi coche es un Ford Taurus, último modelo, azul. Dame veinte minutos, ¿sí?

—Veinte minutos. Allí estaré.

Se fijó en su reloj y fue al baño más cerca. Le habían proporcionado varios artículos de aseo en botellas pequeñas, pero no tenía ni peine ni cepillo. Abrió el agua fría y se mojó su cara, tratando de no hacerle caso a la comezón de sus ojos. Con la punta de sus dedos mojados trató de alisar su pelo.

Antes de inclinarse frente al lavamanos, se fijó en su reflejo en el espejo. La pregunta de porqué estaba haciendo esto le cruzó por la mente. No había olvidado lo que le había hecho su ex prometida. Con excepción de algunas citas que su familia le había arreglado, había evitado tener contacto con el sexo opuesto por los dos últimos años. Adriana era atractiva, pero también lo eran muchas otras mujeres. Y nada más iba a estar en Las Vegas por unos días. Una breve aventura amorosa no era su estilo.

Quizás junto con la identidad de su hermano también había adquirido sus sensibilidades, pensó irónicamente. Fuera como fuere su locura temporal, todo lo que él sabía era que quería volver a ver a la señorita de Los Santos.

Capítulo Dos

Adriana salió de abajo del cobertizo de coches de Xanadú, dando una vuelta en la avenida Harmon para evitar el tráfico congestionado de la zona del *Strip*. Ya en dirección al aeropuerto McCarran, el sol quedaba a sus espaldas. Las montañas en el oriente se iban tornando moradas. En esta ciudad desértica, el ocaso era su hora favorita.

Normalmente, ella estaría saboreando las formas y cambios en las sombras de las montañas, respirando profundamente y sosegándose después de un día pesado de trabajo, excepto por un pequeño detalle: Damián Escobedo, sentado al lado de ella, tan cerca que podría tocarlo. Su colonia con especias despedía un aroma que jugueteaba con los sentidos de Adriana, incitándola a fijarse en él. Además, su presencia incongrua la hizo sentirse, como su madre hubiera dicho, tan nerviosa como un gato de cola larga en una sala llena de sillas mecedoras.

—Gracias por dejarme venir —dijo él, rompiendo el silencio al ponerse su cinturón de seguridad.

—Es un placer —murmuró ella, preguntándose qué hacía él allí. La mayoría de los tahúres se iban a las mesas tan pronto como llegaban.

Ella todavía dudaba de él, y más aún por lo extraño de su comportamiento en torno a su equipaje. ¿Por qué era tan importante para él recobrar su equipaje? ¿Acaso traía drogas de contrabando para sostener su hábito de jugador? Pero lo dudó al mirarlo de reojo. Adriana decidió que no parecía el tipo que se involucra en actividades ilegales, y que su idea era resultado de sus trasnochadas con demasiada televisión. ¿Pero qué clase de tipo era él? Su inhabilidad de categorizarlo le molestaba. Y aún no tenía tiempo para indagar quién era él en realidad.

Al recordar que Raúl le había sonreído con un chispazo de sinvergüenza en los ojos, pensó que a lo mejor él iba acompañándola para hacerle una proposición. Y aunque ella admitía que le era atractivo, Raúl se llevaría un chasco si lo intentaba.

—¿Qué clase de apellido es de Los Santos? —le preguntó, interrumpiéndole sus pensamientos.

—Hispano —dijo Adriana. Tras dar vuelta, entró al aeropuerto entre el resto del tráfico.

—En realidad, mi papá es de España y mi mamá era puertorriqueña.

—Tu mamá... dijiste... ¿era?

—Lo siento, se me escapó. No quise referirme al origen de mi familia. Estoy segura que no te interesaría.

—Lo que me interesa pudiera sorprenderte. ¿Quisiste decir...?

—Sí —ella replicó a secas—. Mi madre murió.

—Lo siento. No puedo imaginarme cómo sería eso. Vengo de una familia numerosa. A veces me vuelven loco, pero no desearía...

—Gracias, sucedió hace mucho tiempo —ella lo cortó de prisa.

Al dar la vuelta para entrar al estacionamiento a corto plazo, sintió algo dentro de su pecho que le era familiar. Las lágrimas le quemaban detrás de sus ojos. Hacía ya diez años desde la muerte de su madre. ¿Cuándo terminaría su pesar? ¿Cuándo dejaría de ser una llaga viva?

Como si él hubiera sentido su tristeza, le tocó el hombro ligeramente, y dijo:

—A veces soy un idiota. Por favor, acepta mi disculpa por meterme en tu vida.

Lo decía con tanta sinceridad que ella sintió una corriente de calor por su preocupación. Pero ella no podía dejarse llevar por esos sentimientos, especialmente con un cliente.

—Acepto tu disculpa —tratando de cambiar de tema, ella le preguntó—: ¿Cómo es tu familia?

Él se rió. Su risa venía desde el fondo de su pecho. Resonaba inocente y espontánea.

—Mi familia es mexicoamericana, de San Antonio, Texas —y le preguntó—: ¿Tienes hermanos y hermanas?

—Un hermano —vio un espacio y se estacionó. Apagó el motor y le anunció—: Ya llegamos.

—Estoy listo —se sonrió—. Señala el camino.

A ella le gustaba su sonrisa casi tanto como su risa. En realidad, a ella le gustaba todo en él, especialmente su sensibilidad. Y eso era lo que le daba miedo.

Raúl se paró en el área del equipaje, con sus manos dentro de los bolsillos. Se sentía tan inútil como un apéndice reventado en un quirófano. Adriana, a la vez, eficientemente trataba el tema con la gente encargada del equipaje. Siguiendo su sugerencia, con una cédula investigadora descubrieron que sus maletas las habían cargado por equívoco en otro avión. Él viajó a Las Vegas y las maletas a Los Ángeles.

Sin que ella lo viera, él la estudiaba mientras ella se inclinaba sobre un escritorio. Una vez más él se dio cuenta de lo atractiva que ella era. Basándose en las normas de hoy, su traje era conservativo, con la falda hasta la mitad de la rodilla. Aun así, revelaba sus pantorrillas bien formadas, redondeadas y firmes. Y el saco largo del traje, de solapa doble abotonado debajo de su barbilla, no podía disimular la curva de sus caderas o de sus senos abultados.

Inclinada sobre el escritorio, una onda larga de su cabello castaño rojizo se le vino hacia adelante, cubriendo parte de sus facciones. No era que él necesitara un recordatorio, pues la llevaba grabada indeleblemente en su memoria.

En camino al aeropuerto, él se había fijado en las montañas. Donde él vivía no había ninguna, y le fascinaban. Parecían cambiar ante sus ojos, sombreándose de morado oscuro a tonos de azul, como el color de los ojos de Adriana. Buscó la palabra apropiada. Índigo, ésa era la palabra que él quería, la palabra que describía el color rico y profundo de los ojos de ella.

Pero aunque sus ojos azules con negras pestañas eran hermosos, sus labios eran lo que le alborotaban sus entrañas. Eran carnosos y sensuales, con comisuras en curva como si estuvieran sonriendo en secreto. Su boca era algo de ensoñación.

Adriana se reunió con él, desvaneciéndole sus pensamientos lascivos. Como si ella hubiera podido leerle el pensamiento, él se ruborizó. Bajando la cabeza y cubriéndose la boca con la mano, tosió, tratando de disimular su reacción.

—¿Estás bien? —ella le preguntó.

—Estoy bien. Nada más una leve alergia. Creo que no estoy acostumbrado al aire del desierto.

—Cuando era niña, la gente se mudaba acá para escaparse de sus alergias. Pero se trajeron y plantaron tantas plantas y árboles del este que transportaron sus alergenos —se encogió de hombros y comentó—: La gente no sabe cúando dejar algo en paz.

—Tienes razón —levantó su cabeza y la miró. Las luces fluorescentes de arriba hacían que su cabello rojizo le brillara, emitiendo destellos como una flama.

—Al fin logré que la aerolínea me diera una respuesta definitiva. Tus maletas van a llegar en el vuelo de Los Ángeles a las once de la noche.

Dando un vistazo a su reloj pulsera, él dijo:

—Será en tres horas, demasiado tiempo para esperar. No sé si tienes hambre, pero yo sí que estoy hambreado. ¿Qué te parece si cenamos juntos?

—Yo... yo... Si no fuera porque ya tengo un compromiso, tendría mucho gusto en enseñarte Las Vegas.

—Oh, comprendo —contestó, tratando de disimular su desaliento.

—Lo siento —dijo ella—. Quizás mañana en la noche.

—Desde luego, entiendo —su respuesta fue casual, pero no pudo evitar la frustración que lo invadió.

Regresaron casi en silencio al hotel, excepto por algunas palabras de rutina. Adriana le aseguró que sus maletas estarían en su habitación, sin falta, para la medianoche.

Entró a sus habitaciones vacías, pensando en qué podría entretenerse. No era jugador, y aunque tenía hambre, cenar solo no le apetecía. Tal vez ordenaría servicio de habitación y una película.

Prendió la luz de la recámara más amplia, y se sorprendió al encontrar ropa extendida sobre la inmensa cama. Era una muda completa. Pantalones Polo, un pulóver, similar al que llevaba puesto, calcetines, y calzoncillos. Los levantó, y no le sorprendió mucho que eran de su talla.

¿Cómo pudo saber Adriana? Era obvio que ella se estaba fijando en él mucho más de lo que él creía. Esto lo hizo reflejar. Al entrar al baño, descubrió artículos necesarios para su aseo personal: un rastrillo, crema de afeitarse, peine, pasta y cepillo de dientes, y desodorante.

A ella no se le había escapado nada. Tal vez se debía nada más a su esmerado servicio al cliente, pero él no podía olvidar el cuidado y atención personal que ella le demostraba con ese gesto cortés.

En un impulso, se encaminó a la sala y tomó la tarjeta de Adriana de la mesa coctelera. Quizás ella ya se habría ido a atender su previo compromiso, pero lo menos que él podría hacer era dejarle un mensaje grabado de agradecimiento.

Ella le dio una sorpresa al contestar al tercer timbrazo.

—No tenías que haberlo hecho, pero es una de las cosas más lindas que jamás alguien haya hecho por mí —dijo sin rodeos.

—¿Damián?

—Sí, y no puedo agradecértelo lo suficiente. Por favor, pásame la cuenta.

—No podría hacerlo. Es parte de nuestro servicio.

—¿Estás segura?

—Sí, por favor acepta la ropa y los demás artículos por cortesía del hotel. Es lo menos que podemos hacer.

—Bueno, si estás segura —vaciló, pues sabía lo que quería hacer, lo que le quería preguntar. Pero nunca antes había sido tan directo—. Sé sólo una manera en que puedo agradecértelo debidamente, Adriana. No te molesta que te llame por tu primer nombre, ¿no?

—Desde luego que no, hazlo, por favor.

—Cancela tu compromiso —le dijo en tono exigente—. Déjame llevarte a cenar para pagarte el favor. Soy tu cliente —le recordó, usando la misma excusa que ella le había dado—. No voy a aceptar respuesta negativa.

Él no podía creer lo que le estaba diciendo. No estaba acostumbrado a ser tan directo, pero esperar hasta mañana era demasiada espera. Quería estar con ella esta noche.

Hubo un largo silencio al otro lado de la línea antes de que ella cediera.

—Está bien —su respuesta era tan débil que él tuvo que esforzarse para oírla—. Me has convencido. No puedo decir "no" a un cliente.

Decidieron ir al restaurante chino en el hotel. Aunque estaba lleno a reventarse, y con mucha gente esperando a entrar, Adriana se fue al frente de la línea, y se las arregló consiguiendo una mesa chica en la parte trasera dcl salón.

Dada su posición, el tratamiento de preferencia que ella recibió era normal, pero lo disgustó. Raúl sabía que su reacción era tonta, pero mientras estuvieran en el hotel de ella, se sentiría algo rebajado y menos que un hombre. Tan sólo con chasquear sus dedos, Adriana estaba al mando del personal y de un poder considerable.

Mañana por la noche, él se prometió, la llevaría a un lugar donde él tuviera control, un lugar a media luz y con música suave.

Repentinamente, se sorprendió de que ya estaba haciendo planes para mañana en la noche. Como dice la canción: "andaba ido y eso no era bueno". Él no sabía si ella le iba a permitir monopolizar su tiempo. Debía tener otros clientes. Ella le había ofrecido mañana en la noche porque ella no quería aceptar cita esta noche... hasta que él, persistente, la hizo desistir de su decisión anterior. Desdoblando su servilleta, él le preguntó:

—¿Siempre está así de repleto?

Ella apartó la vista de su menú, lo miró por un momento y dijo a secas:

—Para Las Vegas esto no se considera repleto, espérate a que se llegue el fin de semana.

Raúl se dio cuenta de que había cometido otro error. Como un frecuente tahur en Las Vegas, él debía saber cómo se llena la ciudad. Se prometió mentalmente tener más cuidado y no cometer más errores. Si quería pasar más tiempo con ella no debía seguir poniendo en tela de juicio su credibilidad.

—Quise decir, el restaurante —trató de ocultar su error—. Sé que los casinos están colmados.

Ceñosa, dijo:

—No sé dónde te has hospedado anteriormente. ¿Caésar's, tal vez? Xanadú, como el MGM, Circus–Circus y Treasure Island, quieren cortejar el mercado familiar, lo que quiere decir que hay otras formas de diversión y restaurantes ocupados. Es un enfoque diferente al de Las Vegas de antaño, pero un paso de mercadotecnia acertada.

—Comprendo —él comentó.

En su tipo de trabajo, no tenía mucha experiencia con el mundo corporativo, con excepción de su hermano, que no contaba. ¿Estaban todos los empleados tan apegados a sus posiciones como lo estaba ella?

Tomaría tiempo acostumbrarse a la lealtad incondicional de Adriana a su empleador.

—¿Ya decidiste qué quieres para empezar? —le preguntó ella.

—¿Rollos rellenos?

Ella se rió. Su risa le simpatizó. Como su voz, era profunda y ronca, llena de promesa sensual.

—¿Por qué no pruebas algo más interesante, como las bolas de masa rellenas? ¿Las has probado alguna vez?

—No, no puedo asegurarlo, mi especialidad es la comida mexicana.

—¿Porque está en tu fondo cultural?

—Más que eso, porque mis padres son dueños de una cadena de restaurantes mexicanos en San Antonio. Cuando era jovencito pasaba mis veranos de mesero —se sonrió—. Puedo hablar con acierto acerca de los tamales, enchiladas, o hasta de fajitas. Pero me temo que mi conocimiento acerca de la comida china es muy limitada.

Ella chasqueó sus dedos y su cara se iluminó.

—Así que tu familia está en la industria de la hospitalidad. ¡Qué bien! ¿No te da gusto?

—Oh, sí —dijo, aunque en su interior, él no estaba de acuerdo. Quizás era diferente con el trabajo de Adriana, pero para él los recuerdos de sus veranos se aproximaban al infierno de Hades. Cocinas calurosas, barras grasosas, clientes indeseables, y propinas insignificantes, era lo que él recordaba.

El mesero llegó y les tomó la orden de bebidas y aperitivos.

—¿Quieres probar las bolas de masa? Podemos compartirlas —propuso ella.

—Seguro.

—¿Tienes preferencia por alguna bebida?

Él se encogió de hombros, sintiéndose fuera de su elemento una vez más. En casa tomaba Coronas con lima, pero eso no parecía apropiado con comida china. Era singularmente humillante sentirse tan rústico, especialmente cuando estaba tratando de impresionar a una mujer tan cosmopolita. Admitió que necesitaba más conocimiento. Cuando regresara a casa iba a hacerse el propósito de andar con su gemelo para que éste le enseñara los detalles de delicadeza.

—¿Puedo sugerirte un mai tai? Son muy sabrosos —comentó ella.

—Pues, ¿por qué no?

Dirigiéndose al mesero, ella ordenó bolas de masa de aperitivo con dos platos, y dos mai tais.

El mesero hizo una reverencia y se retiró.

De nuevo, ella había tomado control. Comenzaba a molestarle. Trataba de pensar cómo podría recobrar su orgullo masculino herido.

—¿Qué se te ocurre para platillo principal? —le preguntó ella.

—Temo mencionar, chow mein.

Arrugando su nariz, ella observó:

—¿Sabías que el chow mein no se originó en China? Es algo que los inmigrantes chinos inventaron para satisfacer el gusto americano.

—No-o-o —deliberadamente, y en broma, alargó la palabra—, no me lo digas.

Ella lo miró, le estudió su cara y luego sonrió.

—Hay veces que puedo ser algo arrogante. Por favor, no es mi intención ser odiosa, simplemente quiero ser divertida.

Su franca admisión y disculpa lo hizo sentirse como un canalla. ¿Acaso era su orgullo masculino tan importante? Era un tema del que no tenía mucha objetividad, considerando cómo se lo habían desmenuzado durante los dos últimos años. Pero tampoco debía vivir en posición defensiva por el resto de su vida. Tal vez ya era tiempo de reflexionar.

Por debajo de la mesa extendió su mano para tocar el reverso de la mano de ella.

—No te disculpes. Vas muy bien. Te encuentro muy divertida.

Ella sonrió, visiblemente más tranquila. Luego se acercaron para repasar el menú juntos. Sentado tan cerca de ella, se dio cuenta de que su cutis era perfecto y su cabello muy brillante. Y también le gustaba el aroma que ella despedía. Era un aroma sutil, opuesto al de muchas mujeres. Tiraba un poco a limón, olía fresco, como un día primaveral.

Cuando llegó el momento de ordenar los platillos, él le permitió tomar las riendas. Ordenaron dos platillos medio arriesgados: camarones Szechuan en un nido de tallarines, y pato a la Pekín. Les trajeron los cocteles, y luego las masas rellenas de carne. Estaban delicadamente condimentadas, envueltas en tallarines, y acompañadas de salsa de soya. Él descubrió que le gustaban, y también el mai tai. No era que se había imaginado que tomaría mai tais toda la noche; eran demasiado ácidos para tomar muchos, pero con la comida china iban perfectos. Y las masas rellenas eran mucho mejor que cualquier rollo relleno que jamás él había probado. Jugosas y sabrosas, se derretían en su lengua.

Sonriéndole, él mordió su segunda masa, y las aprobó con un ademán de su pulgar hacia arriba.

Ella le contestó con otra sonrisa, diciéndole:

—Me complace que te gusten.

Se las acabaron, y ordenaron otra ronda de mai tais cuando les sirvieron los platillos principales. De nuevo, Adriana tomó control, sirviendo el arroz y porciones de camarones y de pato para saborear los dos platillos a la vez.

Cambiando de actitud, se relajó, gozando del hecho de que ella le estaba sirviendo. Luego ella lo retó a un duelo con palillos chinos, el cual ella ganó con toda facilidad, entre gran risa y pedazos de comida que se les había caído.

Tomando un tenedor, él se quejó:

—No veo cómo puedes retener el arroz en esas cosas. A mí se me sigue cayendo.

Ella le guiñó y admitió:

—Hay un truco, pero no te lo voy a decir. Tú mismo tienes que descubrirlo.

A él le sorprendió el guiño. Era el primer gesto personal que ella había hecho. Él la había tocado dos veces, pero ella no había reciprocado. En gran parte, ella se había comportado como si todo fuera negocios. Quizás, como él, ella estaba ya menos cohibida, haciendo a un lado sus defensas para gozar la ocasión. Así lo deseaba él. O tal vez era el efecto de los mai tais, aunque él esperaba que ése no fuera el motivo. Él quería que ella gozara el tiempo con él tanto como él lo estaba gozando con ella. No quería ser un cliente más a quien ella tenía que solazar porque era parte de su trabajo.

Adriana se acomodó mejor en el pequeño sillón curvo, y se cruzó de piernas. Su falda recta se le subió a medio muslo, y no trató de ajustarlo. Al dar un vistazo a sus piernas musculosas y tostadas, Raúl sintió que se le secaba su garganta. Se tomó de golpe la mitad de su coctel, y sus ojos lagrimearon.

—Adriana —dijo una voz detrás de ellos—, ¿eres tú?

El dueño de la voz apareció al lado de ellos, un tipo alto, fornido, como de 50 años. Sin hacerle caso alguno a Raúl, el tipo se agachó y plantó un beso mojado en los labios de Adriana, antes de decirle:

—Chula, ¿dónde has estado? ¡He andado buscándote por dondequiera, muchacha!

Al ver al hombre babosear a Adriana, Raúl se puso en son de pleito. Podía sentir su cuerpo tenso, listo para acometer, listo para echar del restaurante al insolente por su trasera hasta la calle.

—Señor Henderson, qué sorpresa tan grata —Adriana salió del momento difícil con perfecto aplomo. Arqueó sus cejas, dirigiendo su mirada a Raúl, y volvió su mirada hacia Henderson.

—¿Le puedo servir en algo, señor Henderson? ¿Por qué me buscaba? ¿Que Sean no lo está atendiendo bien?

—No insultes mi inteligencia, chula, tú sabes que no es lo mismo. Yo espero que me atienda mi terroncito de azúcar —dijo con un ademán de su mano rechoncha con cuatro dedos llenos de anillos de diamantes—. No más te quiero a ti, no quiero al maricón de Sean.

Se oyó el carraspeo de Adriana, que trataba de no hacer caso a los comentarios abusivos de Henderson. Mirando a Raúl dijo:

—Señor Henderson, ¿dónde están nuestras buenas costumbres? Quiero presentarle al señor Escobedo, él también es cliente de Xanadú.

Por su acostumbrada cortesía, Raúl se puso de pie y extendió su mano. ¿O era que se le ocurrió que ésa era mejor postura para pegarle al tipo?

Henderson se comportó en su estilo, olfateando como si Raúl oliera mal, y lo dejó con la mano extendida. Con su atención en Adriana, gruñó:

—Así que también él es cliente. No me gusta eso, chula. Voy a hablar con la administración para que te asignen a mí, ¿me oyes, muchacha? O sea que vete deshaciendo de este cachorro.

—Señor Henderson...

Raúl se plantó entre Henderson y ella, frente a frente con el viejo que dejaba aroma a whisky al respirar.

—No va a hacer eso, Adriana es una empleada del establecimiento, no su juguete personal. Y no me gusta que me llamen "cachorro" —Raúl hizo una pausa, esperando que Henderson asimilara las palabras—. Ha interrumpido nuestra cena y ha sido grosero. Creo que debe irse.

El tipo alto retrocedió. Mirando a Raúl, apuñó sus

manos y las subió despacio en un gesto implícitamente amenazador.

Raúl también se preparó, apuñando sus manos y girando sobre sus metatarsos. Estudió al tipo. Henderson era alto, pero no más que Raúl. Además, el tipo estaba demasiado tomado, era más viejo, y ya no estaba en buena forma. Raúl se conservaba en buena condición yendo al gimnasio con Damián varias veces por semana.

Si se peleaban, razonó Raúl, tirándole unos cuantos puñetazos al torso pondría fin a la bronca.

Adriana se levantó de su asiento rogando:

—Por favor, señor Henderson, aquí no. Usted sabe que Xanadú no permite altercados violentos, no importa cuáles sean las circunstancias. Si persiste tendré que llamar a Clyde. ¿Recuerda a Clyde? El muchacho amable que lo llevó hasta su habitación la última vez que estuvo aquí —ella le recordó antes de agregar—: Y lo que dijo el señor Escobedo es cierto, estamos cenando en privado. Lo siento si no le complace que le hayan asignado a Sean. Podemos modificar el arreglo mañana...

—Mañana será demasiado tarde para complacerme, muchacha —dijo él, cortándola. La cara se le había puesto de un tono morado vivo. Relajó sus puños y agitó su dedo índice frente a ella—. Y no me amenaces con ese sacabullas de tu amigo, Clyde. No me amenaces, muchacha, ¡¿Oíste?! ¡A B.G. Henderson III no se le amenaza!

Enderezándose con la pizca de dignidad que un borracho puede reunir, le lanzó otra declaración:

—Ésta es la última vez que se me verá en Xanadú y su casino. Hay muchos otros lugares que estarán muy contentos de recibir mi dinero y hacer lo que yo les ordene —se dio una vuelta y salió bamboleándose, derribando sillas a su paso, soprendiendo a los meseros y al gentío del restaurante.

Juntos, Raúl y Adriana lo vieron salir. Sus expresiones de espanto eran tan iguales que una parecía reflejo de la otra. Rápido, el mesero fue a la mesa.

Raúl creyó oír a Adriana repetir el nombre de "Clyde" al mesero, aunque no podía estar seguro, ya que ella y el mesero hablaban en secreto. No quería tratar de escuchar, pero Raúl esperaba que Adriana tuviera el sentido común de mandar al sacabullas tras de Henderson antes de que pudiera provocar más problemas.

El mesero les limpió la mesa, y les ayudó con las sillas antes de que Henderson se retirara. Raúl se sentó después de sentar a Adriana. Viéndola por encima de la mesa, él esperaba una explicación, pero ella ni siquiera lo miró a los ojos.

Una quietud fingida se sentía en la mesa después de la retirada de Henderson. Terminaron sus bebidas. Raúl pidió la cuenta. Adriana insistió en que el hotel lo cubriera. Él persistió hasta que ella, dejando escapar un suspiro, llamó al mesero y le pidió la cuenta.

La cólera se intensificaba en Raúl mientras que sentado en silencio esperaba una explicación. Pero era obvio que ella no se la iba a dar. También lo encolerizaba el hecho de que cualquiera la podía tratar de esa manera, y de que ella lo aceptaba pensando que era parte de su trabajo.

—Si eso ha sido un ejemplo de lo linda que es la industria de la hospitalidad, entonces puedes quedarte con ella.

Levantando su cabeza inclinada, ella lo vio de prisa. Se lamió sus labios y enderezó su espalda.

—El señor Henderson es un caso extremoso; no hay muchos como él. Es una ballena y por eso cree que puede hacer lo que le da la gana.

—¿Una *ballena?*

Lo miró fijamente.

—¿No sabes lo que es una ballena? —su tono era incrédulo.

Él había cometido otro error, pero no le importaba. Se estaba cansando del estúpido engaño.

—¿Debería de saberlo?

—Pues a lo mejor, no —ella agregó, algo dudosa—. Es un término del casino. Pero la mayoría de los tahúres aspiran a ser ballenas algún día.

—De seguro, una digna aspiración —ni siquiera se molestó en esconder su sarcasmo.

Ella se rió, pero no con la risa espontánea que había reído al comenzar la tarde. Ésta tenía un timbre de inseguridad. Sonaba fingida y nerviosa.

—Una ballena es un individuo muy rico que gasta miles, a veces millones de dólares en las mesas, varias veces al año. Los casinos hacen cualquier cosa por retenerlos como clientes.

—Mientras que los tahúres sólo gastan miles, ¿correcto?

—Correcto.

—Así que en resumidas cuentas el señor Henderson definitivamente me sobrepasa en rango.

—Si es que quieres explicarlo de ese modo —dijo—. Pero hay reglas de etiqueta que no están escritas entre los casinos y sus clientes con viajes de "recompensa". A un cliente se le asigna un representante de relaciones de huéspedes. Raúl se acaloró, luego se enfrió mientras que trataba de digerir las palabras de Adriana. Él tenía una idea clara de lo que ella no le estaba diciendo explícitamente.

Sintió como si le hubieran dado una patada en el estómago. ¿Cómo había podido ser tan ingenuo? Esto es lo que su hermano había insinuado al decirle que los tahúres podían tener todo lo que se les antojaba.

El traje sobrio y la atención de esclava hacia él, en combinación con la conducta profesional, sí que lo habían hecho tonto, concluyó con amargura.

Ella era hermosa, con una figura para volver loco a cualquier hombre. ¿Cuántas representantes de relaciones de huéspedes tenían la apariencia de Adriana? Él apostaría que no muchas. Con razón Henderson se había enrabiado tanto. Con razón no se había detenido en llamarla "muchacha" y "chula".

Adriana, si ése era su verdadero nombre, indudablemente había actuado su papel muy bien, pensó él. Supo cuál era su talla de calzoncillos tipo boxeador. Inicialmente rehusó su invitación, sólo para ceder después. Ordenó las bebidas y la cena, y aparentó tranquilidad hasta que pareciera natural que ella le guiñara y casualmente expusiera sus piernas para su placer visual. Todo encajaba demasiado bien, y él estaba totalmente disgustado.

¡Era una *profesional!*

Una profesional de gran clase, inteligente, que jugaba con tanta habilidad como para no comprometer a la gerencia. Él podría ser ingenuo y estúpido acerca de Las Vegas, pero sabía que la prostitución era ilegal en la ciudad. Sólo estaba permitida en el condado de Clark, y en las áreas rurales, bajo absoluta supervisión.

El salón comenzó a darle vueltas, y sabía que no era por los mai tais que había tomado. Cerró los ojos. Al pensar en la cena, se sintió enfermo, como si la extraña comida se hubiera arrastrado por su estómago hasta llegar a sofocar su garganta.

Abrió los ojos y descubrió que la cuenta había llegado. Adriana estaba retocándose la pintura de labios. Al verla, sintió solamente asco. No atracción, no deseo carnal, no interés, nada. Sólo asco.

Tomó la cuenta y la miró enojado. Tirándola sobre la bandeja, sacó varios billetes de su cartera. Aunque ya conocía el secreto sucio de Adriana, era hombre que cumplía su palabra. Le había ofrecido llevarla a cenar a cambio de la ropa y los otros artículos de aseo personal, y honraría lo prometido aunque se le revolviera el estómago al estar sentado a través de la mesa con una...

Contando varios billetes de 20 los tiró sobre la cuenta, dejando una enorme propina. Se levantó y se forzó a decir lo apropiado.

—Gracias por cenar conmigo. Ha sido un día largo y tengo que levantarme temprano mañana —fue detrás de la silla de ella y la jaló—. Me voy, con permiso.

Adriana le dio una ojeada. Ella debía haberse figurado lo que él sentía o le leyó la cara, porque esta vez al levantarse de la silla, se sacudió su falda.

—¿Pasa algo? —ella le preguntó—. Sé que el señor Henderson puede ser muy grosero, pero no debes permitir que eso te moleste. Después de todo, se trata de negocios.

—Y no buenos, que digamos —musitó entre dientes.

Él sabía que estaba tan verde como una hoja tierna en este mundo inmoral y cosmopolita de Las Vegas. Pero no podía entender cómo ella podía degradarse. Sólo mordiéndose la lengua pudo evitar hacerle la vieja pregunta: *¿Qué hace una muchacha decente como tú en un lugar como éste?*

—¿Qué dijiste? —preguntó ella.

—¿Cómo puedes permitir que un tipo como él te hable de ese modo? —a pesar de sus mejores intenciones, no podía quedarse callado.

Le había gustado mucho, y al instante se había sentido atraído por ella. Comprendió que si de veras fuera honrado consigo mismo, la razón de su repudio no era tan pura como la nieve en el viento. Ésta se debía más a su desengaño que a su sentido de moralidad ofendida. Había querido conocerla, y hasta salir con ella en una cita genuina. A pesar del corto tiempo que pasaría en Las Vegas, había querido empezar una relación con esta mujer. Ahora eso era imposible. Y estaba enojado porque aquel incidente le había arrebatado sus sueños.

Con cinismo, pensó que era un perito para escogerlas. Primero, una novia que lo había traicionado, y ahora una "de profesión". Mil, era su bateo.

—No le *permití* al señor Henderson que me hablara como lo hizo. Él es así. Pero no importa lo que digan o hagan los clientes, como empleada de este hotel, no debo ofenderlos, sea como sea. Se trata de negocios.

—Pues no te dio resultado —él le aclaró —. Ese hombre es un patán, y a pesar de eso se sintió ofendido.

—Hay clientes que son muy difíciles —dijo con indiferencia—. No importa cómo se les atienda. El señor Henderson está en esa categoría. Aun así, Xanadú va a perder su apoyo comercial, y yo voy a tener que responder.

—Pero eso es ridículo —no pudo decirlo sin indignación en su voz.

—Negocios son negocios —repitió ella.

Meneando la cabeza, él se volteó. No quería decir más. Era inútil. A ella sólo le importaban los negocios. Traducido en términos inexactos, el dinero era todo lo que a ella le importaba. Y era obvio que no le importaba lo que tuviera que hacer para obtenerlo. Raúl se sentía sucio al pensar eso.

—Ya me voy a mi cuarto —declaró él a secas.

Ella avanzó unos pasos hacia él y entrelazó su brazo con el de Raúl.

—Me da pena que esto te haya disgustado, pero te

agradezco que me hayas defendido, aunque no era necesario. Yo podría haberlo hecho. Sabes, nos dan vasto entrenamiento para atender a los clientes.

—Apostaría que te han entrenado muy bien —la insinuación se le escapó antes de poder contenerla.

Mirando su brazo enlazado al de ella, sintió una nueva ola de asco. Una hora antes, él habría estado en un éxtasis si ella lo hubiera tocado. Ahora, él sabía que todo era parte del juego. ¿Era éste el momento en que él debía sugerirle ir a su habitación? Si lo fuera, ella se llevaría un chasco.

Pasando por alto la indirecta sarcástica, ella dijo:

—Te acompañaré sólo parte del camino. Tengo que ir a mi oficina antes de retirarme. —Al salir del restaurante entraron al casino.

Inocencia, una imagen de inocencia perfecta, era lo que reflejaba su cara. Sin duda era una actriz consumada, y él la despreciaba por eso. Disgustado de nuevo, él quería borrar de sus bellas facciones aquella inocencia falsa, y poner un fin al juego estúpido del gato y el ratón. Quería desenmascarar lo que ella era en realidad.

—¿Quieres subir conmigo? ¿A mi cuarto? Tengo una gran vista desde el vigésimo primer piso, además de un bar bien surtido —él se inclinó a propósito para rozarle un seno con su brazo y decirle en voz baja:

—Pero eso tú ya lo sabes, ¿verdad?

Repentinamente, de un jalón ella desenlazó su brazo, y se detuvo para enfrentarlo. Aquella mirada inocente había desaparecido, sólo para ser reemplazada por las mismas emociones que él sentía en esos momentos: disgusto y repudio, seguidas por el desengaño.

—¿Por quién diablos me toma, señor Escobedo? —cerrando los puños, Adriana los colocó sobre sus caderas—. No sé lo que espera de relaciones de huéspedes, pero yo... yo no... —meneó su cabeza. Levantó una mano delgada y se cubrió parte de su cara—. No me puedo imaginar de dónde sacó la idea de que...

Sorprendido por la reacción de Adriana, no sabía qué pensar. De seguro, el juego ya había durado lo suficiente. ¿Acaso estaba equivocado? ¿O era ésta otra maniobra? Inseguro y confundido, comenzó a defenderse.

—El señor Henderson sí que tenía ideas —él aclaró.

—Oh, ¡eso! Él sólo estaba haciéndose el muy pagado, presumiendo. Usted mismo dijo que él era un patán —bajando la mano, ella lo miró indignada—. No entiendo...

—¿Ah, no?

—No, señor Escobedo, no lo entiendo. Para que usted lo sepa, estudio administración de negocios en la Universidad de Nevada, y trabajo en este hotel para adquirir experiencia. Mi padre es gerente en un centro de turismo al otro lado de la ciudad. Si no me lo cree, puede verificar mis credenciales —su cara se enrojeció, y él le notó una rápida subida y bajada del busto—. Si quiere saber lo que pienso —como no era una pregunta, ella no esperó respuesta—. Creo que debe de sacar su mente del fango. Adriana alzó un poco su barbilla, bajó su voz y agregó:

—Encontraré otra persona en relaciones de huéspedes y se la asignaré. Por favor, no permita que este... que este episodio interfiera con su estancia. Una vez más, ella portaba su máscara profesional.

—Buenas noches y buena suerte.

Capítulo Tres

Raúl la observó alejarse, su espalda recta como una vara, sus pasos largos para ser una mujer de baja estatura. Él concluyó que había cometido un gran error. ¿Cómo pudo haber llegado a tal conclusión? Antes de este equívoco creyó ser un ingenuo, ahora simplemente se sentía como un idiota.

Pero sabía esto: no podía dejarla irse así. Se fue tras de ella, abriéndose paso entre tanto tahur que andaba por el casino. Cuando la alcanzó, la tomó por el codo, haciéndola voltear para enfrentarla.

Esperaba que ella estuviera enojada, pero lo sorprendió al contestarle:

—¿Sí, señor Escobedo? ¿En qué puedo servirle? Pensé que...

—Por favor acepta mis disculpas —dijo, interrumpiéndola—. He sido un idiota. No sé qué me pasó. Creo que el modo en que Henderson te trató casi me sacó de juicio... —al observarla, sus palabras menguaron.

Era obvio que su reacción había sido excesiva. Ella estaba harta del tema del señor Henderson. Si Raúl hubiera podido sumergirse en la flamante alfombra del casino, lo hubiera hecho con todo gusto, para poder escaparse de la expresión en la cara de Adriana. Pero tenía que enfrentarse hasta el fin.

—Por favor, dame otra oportunidad, no quiero

otro representante. Nada más te quiero a ti —al darse cuenta de cómo sonó lo que había dicho, se pasó la mano por el pelo—. Lo que quiero decir es... digo, quiero decir que —tartamudeó—. Es que yo sé lo eficiente que tú eres en tu trabajo. No estaría contento con otra persona. Si puedes perdonarme...

—Mi papel aquí no es el de perdonar, señor Escobedo. Esto concierne a su estancia, quiero que esté a gusto. Hasta hoy, esto ha sido como el guión de una comedia de mal gusto —con delicadeza, ella apartó su codo de la mano de él. Lo miró de pies a cabeza, y detuvo su mirada sobre la de él—. Mientras que nos entendamos, no veo ninguna razón para asignarlo, si eso es lo que quiere.

Él apenas sonrió.

—¿Así que no soy tan insolente como Henderson?

—¿Podríamos excluir al señor Henderson de esto?

—Claro que sí, digo, ¡desde luego!

—Parece un hombre razonable, y aprecio que me haya pedido disculpas. Olvidemos el disgusto, ¿sí? Fue un malentendido. Usted tiene mi tarjeta —ella se retiraba—. Llámeme si necesita algo —mirando a su reloj, agregó—: Probablemente su equipaje ya está en su habitación, pero lo investigaré desde mi oficina. Otra vez, buenas noches, señor Escobedo.

—¿Qué probabilidad hay de que me vuelvas a llamar "Damián"?

Mirándolo a la cara, ella le sonrió, con las comisuras de sus labios que apenas se partían.

—Pues yo diría que es una apuesta buena.

Como un alma perdida en una Sodoma y Gomorra moderna, Raúl se paseó por el casino después de que Adriana se había retirado. Lo que había transcurrido esa noche lo había dejado algo alterado. Si se iba a la cama, sabía que no se podría dormir, ni tampoco revisar sus apuntes para la entrevista.

Se oía la voz de una cantante de voz ronca interpretando canciones de amores perdidos. Él se sentó en el bar en forma de piano y ordenó un mai tai, creyendo que así se relajaría. Además, no sabía qué otra cosa podría hacer, no sabía jugar, y no quería hacer el papel de un tonto. Ya esa noche lo había sido, tanto como para no olvidarlo por el resto de su vida.

La oscuridad de la sala no lograba apaciguar sus nervios alterados ni le ayudaba a desenredar sus pensamientos confundidos. Hizo una mueca al tomarse un trago. No le gustaba el sabor ácido, y no sabía porqué lo había ordenado. ¿Para recobrar el ánimo que había sentido al comenzar la tarde? (Como si pudiera recobrarlo). Estaba solo, y se sentía como pez fuera del agua. Además, la música melancólica lo deprimía. Le recordaba la soledad de su vida.

Sin terminarse el mai tai, sacó un billete y pagó. Si lo cargaba a su habitación lo apuntarían como "recomp", y él no quería eso. En realidad, no quería continuar con la farsa. Mañana le confesaría a la administración y pagaría por su grupo de habitaciones antes de mudarse a otra habitación más módica, y al alcance de su bolsillo.

¿Pero en qué posición pondría esto a Adriana? Si no era un tahur, no podría tener los servicios de ella, y sin ellos era muy probable que ya no volvería a verla. Sin hallar respuesta, se levantó y se alejó del bar.

Caminó por el casino, yendo y viniendo entre las máquinas tragaperras. Observaba a los jugadores depositar dinero en los monstruos metálicos. Bostezó. Quizás al fin le estaba dando sueño. Una cosa sí sabía de seguro: que el depositar monedas en esos monstruos y oprimir botones y jalar palancas, no lo divertía. Desde su punto de vista, era monótono y aburrido.

Se fue al centro de la sala y circuló entre las mesas de juego. Los naipes, dados, y la ruleta eran las atracciones principales, además de otros juegos que le parecían algo extraños, como el póquer caribeño o el póquer Pai Gai.

Se detuvo detrás de la mesa de naipes para observar el juego, y descubrió que el concepto era simple. No se podía pasar de veintiuno. Le entró tentación de sentarse y jugar una mano, pero no estaba seguro de cómo contar los ases, cuándo quedarse con las cartas que tenía o cuándo pedir otra carta.

Se alejó, encaminándose hacia la mesa de la ruleta. La vio girar. Éste sí era un juego que entendía, pero su hermano le había advertido que era un juego para bobos, como también lo eran las inmensas ruedas de la fortuna desparramadas por todo el casino. Podía confiar en los consejos de Damián en cuanto a los méritos relativos de los juegos, aunque sólo en eso le confiaba. Esos consejos le servirían para no aparecer como un bobo.

Le llamó la atención una bulla y risas que venían del centro de las mesas. Había un gentío alrededor de una de las mesas de dados. Su curiosidad lo llevó a observar el juego. Pero era difícil acercarse; la gente empujaba para hacer sus apuestas.

Con paciencia logró llegar a la mesa. Cuando pudo al fin verla, se quedó perplejo. Parándose a veces en sus talones o de puntillas, decidió quedarse a ver el juego. Los dados se fueron alrededor de la mesa, de un jugador a otro, hasta que cada jugador que había tirado los dados, perdía. Pero no estaba seguro de lo que determinaba la pérdida. A veces un jugador perdía rápidamente. Otras veces los tiraba repetidamente antes de perder posesión de los dados mientras que la tensión y excitación aumentaban.

Cuando el crupié con el rastrillo cortésmente le pasó los dados a Raúl, él los rechazó. Luego con el rastrillo se los pasó a una mujer joven parada al lado de Raúl. Ella los tomó, y con ellos en su mano abierta le dijo a Raúl:

—Sóplales, para buena suerte.

Era una petición fuera de lo común, pero él la complació, y la miró tirarlos. La buena suerte que ella esperaba le llegó, pues comenzó a brincar de gusto cuando los dados cayeron en tres y en cuatro. Le apretó el brazo a Raúl y le chilló las gracias antes de tomar los dados otra vez.

Le dio gusto verla contenta, pero Raúl no tenía la menor idea de lo que estaba pasando. A veces el siete ganaba de inmediato, pero a veces no. A pesar de su ignorancia, estaba gozando el bullicio y el juego como si lo entendiera. Compartiendo el gozo, se sentía menos solo. En realidad, el juego lo divertía.

Habría sido más divertido aún, si hubiera podido jugar con ellos.

Adriana entró al casino de nuevo. Tenía una tarjeta llave para un grupo de habitaciones que personalmente quería dejar en la administración antes de irse a casa.

Se frotó la nuca, y sintió un nudo de músculos tensos. Se le ocurrió que mañana podría tener un masaje allí mismo, en el balneario. Su día había sido muy largo, más de lo acostumbrado. Por lo general, no salía con un solo cliente, aunque técnicamente era parte de su trabajo. Prefería escoltar a parejas o a grupos; había menos oportunidad de malentendidos, como el de esta noche. Al pensar en ello, su cara se le puso tibia. Y ella había pensado que él era un hombre decente, no como otros clientes. Ésa había sido la razón que había hecho cambiar su decisión de salir con él. Al principio, ella había querido desalentar su interés en ella, y esperaba que así lo entendiera. Pero ante su insistencia, ella lo había aceptado. Después de todo, como él lo había dicho, él era sólo un cliente.

Pero ella sabía que ésa no era la única razón. Él era joven y atractivo, y parecía ser un hombre sensitivo con un sentido del humor irónico. En resumidas cuentas, ella lo había aceptado, pensando que podrían descansar y divertirse.

Qué equivocada andaba. Normalmente, ella era buena para leer a la gente. Tal vez debería de refrescar sus habilidades interpersonales, y en particular cómo interpretar el lenguaje del cuerpo y otros indicios no verbales.

Meneando la cabeza, se dio cuenta de que eso no era justo, ni para él ni para ella. Él había sido un caballero, con excepción del malentendido. Le había mostrado interés en su familia, y genuino agradecimiento por su esmero para que él estuviera cómodo. Hasta la había llevado a cenar para agradecérselo. Nunca antes había ella conocido un tahur que hubiera considerado hacer tal cosa. La mayoría de ellos no querían gastar un centavo que no fuera en apuestas.

Y cuando el señor Henderson se había puesto grosero, Raúl había salido al rescate. La había defendido como un caballero vengador en coraza reluciente. Esto la había hecho sentirse apreciada y protegida. Sentía una vibración que le corría desde arriba hasta abajo de la espina al recordar lo magnífico que él había estado al ponerse de pie para enfrentarse con Henderson.

Desafortunadamente, él no había medido su actitud protectora. Su disgusto era visible porque el trabajo de ella requería que fuera amable con las ballenas como Henderson.

Y allí había comenzado el malentendido. Sólo porque ella había tratado de neutralizar la situación en vez de ofenderse, Raúl había creído que ella estaba comprometiendo su reputación.

Era una idea anticuada, pensó ella, de que él le protegiera su honor ante todo. En el mundo corporativo moderno no se le debe tener gran aprecio al honor personal. Hay que hacer lo que los empleadores ordenan sin hacer preguntas, si se quiere retener el empleo. Es así de simple.

Ella recordó que Damián era un agente de ventas para una gran compañía de sistemas de informática para computadoras. De seguro en su trabajo él tenía que acceder al deseo de sus clientes y seguir las órdenes de su compañía.

Ya a la mitad del casino, oyó una gritería que venía de una mesa cercana. No se sorprendió al descubrir que la conmoción venía de la mesa del juego de dados. Éste era un juego social en el que se apuesta por o en contra del tirador. Y es un ejemplo excelente de la psicología extraña del juego de azar, porque la mayoría de los apostantes prefieren respaldar a sus compañeros de juego en vez de al casino villano. Unidos por una causa en común para derrotar al casino, el juego de los dados fomenta un espíritu de unión que raramente se ve en otros juegos de albur. Y aunque el medio de vida de su familia dependía de este tipo de juegos, ella no se aficionaba por ellos. Había visto demasiado el lado siniestro del juego para gustarle. Pero siempre era interesante presenciar un buen juego de dados. Cambiando de dirección, dirigió sus pasos hacia la mesa. Tenía curiosidad por saber qué tan grande era la apuesta.

Fue entonces cuando ella vio a Damián Escobedo. Estaba parado entre el gentío. Quería saber qué tanto tiempo le tomaría a Raúl encontrar un juego. ¿Para qué habría de decirle a Adriana, al despedirse, que se iba a su habitación cuando no tenía intención de hacerlo? Una vez que uno es tahur lo es para siempre.

Aunque un poco retirada, ella se paró frente a él parcialmente escondida por la gente. Le entró la curiosidad por quedarse para verlo jugar. Aunque él fuera un tahur, no actuaba como ninguno que ella hubiera conocido antes. Fue una sorpresa para Adriana ver que él estaba como ella, nada más observando. Él no tenía fichas y tampoco estaba apostando. Esto se estaba volviendo cada vez más extraño.

Impulsivamente se abrió paso entre la gente alrededor de la mesa. Con la vasta práctica que tenía se escurrió poco a poco hasta llegar al lado de él.

—Damián —le dijo para anunciarle su presencia. Él no se movió. Siguió observando las maniobras.

—Damián —dijo en voz más alta.

Él volteó, y al verla sonrió.

—¿Todavía estás aquí? Creí que ya te habías ido a casa.

—Y yo creí que te habías retirado a tu habitación —le contestó en seguida.

La sonrisa de Raúl se volvió tímida, y se metió las manos en los bolsillos.

—Fascinante juego, los dados —fue la explicación que dio.

Ella nunca había oído decir a un tahur que el juego de dados era fascinante. Excitante, tal vez, o rápido, pero no fascinante.

—No estás apostando —indicó ella.

—Yo, ah, quería explorar un poco. Ver lo que está pasando, tú sabes.

Ella no estaba segura de que sí lo sabía. Todo lo referente a ese hombre era atípico, especialmente su actitud acerca del juego.

—Atrás puedes jugar en privado, si así lo prefieres. Con todo gusto te llevo.

—No, está bien, prefiero quedarme aquí. Me gusta estar entre la gente. Todos están tan alegres y emocionados.

Ella le echó una mirada escudriñadora, y dudó haberlo escuchado bien. Para un tahur, la gente aun en el juego de dados es nada más como una decoración del escenario. La acción era lo importante.

—Entonces, permíteme traerte fichas —ella le ofreció—. Los banqueros no pueden cambiar sumas grandes a menos que llamen al jefe de apuestas. Sería más fácil si yo voy a la cajera a traerte fichas. ¿Quieres cientos o miles?

La cara de Raúl se tornó como una máscara de asombro al desnudo. ¿Qué era lo que ella había dicho? Nada más trataba de serle útil.

—Si no tienes el dinero contigo, el hotel está dispuesto a tomar tu apuntador hasta cincuenta mil —ella le explicó—. Puedes saldar cuando te retires.

Raúl tragó con fuerza. La manzana de Adán le subía y bajaba como un corcho. Era curioso que ella no se la había notado antes, pero era que antes él no había mostrado señales de haberse tragado un piano. ¿Qué le estaba pasando a Raúl? Para ser un tahur, tenía el *modus operandi* más peculiar que ella jamás hubiera visto.

—Yo, ah, déjame ver —metió su mano en el bolsillo y sacó un billete de cien. Lo puso en manos de Adriana.

Ella se quedó boquiabierta mirando el billete. Levantó la cabeza, y frunció el ceño. ¿Estaba él jugándole una broma?

Cuando vio la sorpresa en la cara de ella, él murmuró:

—Oh, un momento. Creí que era mil —sacando su billetera, le agregó siete billetes de cien dólares.

Ella lo miró de reojo, esperando al menos otros mil o más, pero él parecía estar satisfecho con la mísera cantidad de 800 dólares. *¿Qué está pasando?* esa idea cruzó por su mente.

A pesar de su foto, él debe de ser un impostor. Ningún tahur que se respeta a sí mismo comienza con ochocientos dólares. Si no hubiera sido tan noche o estado tan cansada, habría regresado a su oficina a revisar el expediente de él. Pero sabía que mañana lo revisaría totalmente.

A la gerencia no le gustaba que impostores disfrazados de tahúres le tomaran el pelo. Más allá del gasto del juego de dormitorio y de otras "recompensas", había que considerar la reputación de Xanadú. Si llegaba a saberse que el hotel había sido estafado, éste se inundaría de apostantes mezquinos en busca de alojamiento gratis.

Pero ella tampoco quería más malentendidos. Hasta que tuviera todos los datos correctos, seguiría fingiendo. No iba a confrontarlo hasta estar segura de lo que hacía.

—Creo que el banquero puede cambiar esto por fichas —dijo ella.

A él se le cayó la cara por el sutil menosprecio que Adriana expresó por el pequeño caudal, y se pasó la mano por el pelo. Ella se dio cuenta de que estaba empezando a reconocerle sus gestos, y era obvio que él estaba nervioso. Y debería de estarlo si era que estaba tratando de defraudar al casino.

Se inclinó sobre la mesa, y le hizo una señal al banquero para que la atendiera. Entregando el dinero que iba a cambiar, ella le preguntó a Damián:

—¿Fichas de cien dólares?

—Mejor de cincuenta —volvió a tragar.

—Sí, lo que quieras.

Inclinó su cabeza hacia el banquero, y le dijo: "Cincuentas".

El banquero contó y recontó las fichas antes de entregárselas a ella. Luego las depositó en manos de Damián. Le sudaban, ella notó.

Al aceptar las fichas, él las peinó. Exasperada, y algo más que disgustada, retrocedió para observar lo que él se proponía hacer.

La gente gimió porque otro jugador se había dado por vencido.

Los banqueros recogieron las apuestas perdedoras y luego pagaron a los ganadores. El tipo con el rastrillo recogió los dados y se los dio al hombre de la casilla para inspección. Él revisó los dados y los sopesó en un puño, probándolos para asegurarse de que nadie los había sustituido por dados cargados durante el juego. Los aprobó y se los regresó al tipo del rastrillo. Luego él empujó los dados al siguiente tirador. Los jugadores se posaron sobre la orilla de la mesa para hacer juego.

Mirando a Adriana, Damián se encogió de hombros y dijo: "Aquí va".

Se inclinó sobre la mesa y colocó una ficha en cierta línea de juego.

Adriana se quedó boquiabierta. Esa línea era para apostar después de que el tirador había establecido su punto. El tirador ni siquiera los había rodado. ¿Qué estaba haciendo Damián? Antes de que el banquero pudiera remover su impropia apuesta, Adriana se inclinó y movió la ficha un poco hasta ponerla en la línea de pase.

De reojo ella vio la cara de Damián. Se veía cabizbajo y humillado. O era un impostor o los dados no era su juego. Aun así, si era tahur debería saber lo más básico. Pero el disgusto que ella sentía se volvió compasión al verlo tan infeliz.

No nada más no sabía lo que estaba haciendo, sino que además era singularmente desafortunado. El tirador rodó un tres, número de baja probabilidad, y una pérdida inmediata para apuestas en la línea de pase.

Ella no le había preguntado si él quería apostar a pasar o no pasar. Ella nada más tomó la iniciativa de salvarlo de que se avergonzara cuando el banquero le anulara su apuesta. Ella lo había decidido, y aunque lo había hecho contra la mejor disparidad, le había perdido el dinero. Quizás ella era la desafortunada. Era posible. Después de la comedia de errores de esa noche, ella apostaría a que sí lo era.

Sintiéndose culpable por perderle el dinero, quiso llevar a Raúl a un lado para explicarle lo fundamental del juego. Pero él la detuvo, y se inclinó a apostar otra vez en la línea de pase.

Mientras observaba a Raúl en acción, ella se puso a pensar qué era lo que le pasaba. ¿Por qué sentía un impulso irresistible de ayudarlo y protegerlo? ¿Porque la había protegido de Henderson? Pero también la había acusado de ser "una dama de la noche". Porque él era cliente, ella no le había revelado qué tanto le había dolido aquella insinuación. Pero le había dolido profundamente. Al recordar cómo la había hecho sentirse, concluyó que no le debía nada.

Y ella estaba casi cien por cien segura de que él no era un tahur, que estaba defraudando al hotel. Su mezquina pérdida de cincuenta dólares ni siquiera cubriría los gastos de chófer que lo había recogido en el aeropuerto. Pero por otra parte, ella pensaba que él no era arrogante ni avaro como suelen ser los tahúres. Hasta había pagado por la cena de ella y había dejado una gran propina.

Pero su profesionalismo le decía que eso no era crítico. Lo verdaderamente crítico era el descaro de Raúl con tal engaño, y la reputación del hotel que se vería afectada. Más serio aún, era su responsabilidad de que los tahúres y ballenas perdieran grandes cantidades de dinero en el casino. Después de todo, su sueldo dependía de esas pérdidas. ¿Cómo se le había podido ocurrir ayudarlo?

Ella se fijó que esta vez él no había perdido su apuesta. El tirador había rodado un punto de cinco. Los banqueros recogieron las apuestas de no pase, permitiendo que las de pase continuaran hasta que el tirador perdiera el tiro o rodara el punto.

Ella lo vio mirando alrededor de la mesa antes de hacer su apuesta. Puso una ficha en el cuadro del desquite. Ahora tenía dos maneras para ganar y dos para perder, pero ella dudaba de que él sabía lo que estaba haciendo.

Y tampoco se lo iba a decir. Lo iba a dejar que solo nadara o se ahogara. Recargada contra el lado de la mesa, cruzó sus brazos sobre el pecho, y se preparó para observar y esperar. Esperaría la inevitable derrota, pensó ella con justa satisfacción.

Adriana lo observaba. Él lo sabía demasiado bien. Había cometido tantos errores que le aseguraban que ella lo había desenmascarado. Ella tendría que estar tan ciega como un murciélago para no reconocer que él era un impostor. Y ella podría ser todo menos ciega. No se le escapaba nada. Si él la pusiera contra el más intelectual de sus estudiantes, ella ganaría.

No, esto no era acerca de la farsa en que su hermano lo había metido. No, ya no. Mañana confesaría y pagaría sus deudas. Pero no esa misma noche.

Para él, esa noche era un asunto de orgullo. De su orgullo propio. No quería que ella lo percibiera como un tonto. Después de la confesión de mañana quizás ya no importaría lo que él pareciera.

Pero aún no entendía bien el juego de los dados, aunque sí sabía que era mejor no apostarle a los números individuales o a la disparidad del cuadro en medio de la mesa. No tenía la menor idea de lo que esas apuestas requerían. La línea de pase y de no pase, junto con las apuestas para desquite y no desquite, era donde él se estaba concentrando. Parecía que eran las apuestas más simples, y para él, las más fáciles de entender. Observando a sus compañeros de juego, él se dio cuenta de que esas apuestas eran las que ellos hacían con más frecuencia.

Ingenió un sistema y estudió cuáles apuestas hacían los jugadores con más fichas en la mesa. Estudiando a otros jugadores, concluyó que cuando perdían, especialmente en la línea de pase, tendían a doblar sus apuestas a la siguiente ronda. Probó esa estrategia varias veces, pero perdió más de lo que ganó. Era obvio que a él no le había dado resultado. Volviendo a evaluar su situación, decidió continuar apostando una ficha por tirada.

Dando una ojeada a su puño, vio su reloj y se quejó. Descubrió que ya eran las dos de la mañana, y tenía una entrevista a las nueve. Debía de estar loco, pues estaba arriesgando su carrera. Pero la idea de su carrera profesional palidecía ante las miradas de Adriana que presumían sabiduría. Ella esperaba que él iba a perder, que una vez más iba a representar el papel de tonto. A toda costa él estaba determinado a ganar. Quería quitarle la mirada presumida y probarle que estaba equivocada.

Y recobrar su orgullo despedazado.

Cuando le quedaban sólo cuatro fichas, se llenó

de pánico. Sus manos le comenzaron a sudar, de nuevo, y el casino de cuatro pisos se sentía encerrado y caluroso.

Había traído mil dólares para gastar. Para él era una gran y significante suma, ya que tenía escasos ahorros. Los profesores de universidad no ganaban mucho, a menos que tuvieran tenencia. Al recordar cómo trataba de ahorrar limitándose en su comida y ropa para ahorrar unos pocos de miles, no podía creer cómo los estaba desperdiciando, a 50 dólares por tirada.

Si perdía esa noche, no tendría suficientes fondos para cubrir la cuenta del hotel. Tendría que obtener un avance de dinero o cargar la cuenta. Aquella posibilidad lo dejaba casi sin poder respirar.

Por lo general, toleraba el humo de los fumadores, pero estando en un estado de pánico sentía que se ahogaba, al no poder respirar de un modo normal. Quería gritarles a los jugadores que dejaran de fumar para despejar el aire. Pero eso era ridículo. El temor de perder su dinero y de que Adriana tuviera razón era lo que en realidad lo estaba volviendo loco, no el humo.

Dejó pasar la siguiente apuesta, y se quedó recargado en un lado de la mesa. A pesar del aire viciado, trataba de inhalar profundamente para restablecerse. Miró a Adriana y se pintó una sonrisa falsa en su cara.

Ella le contestó con una sonrisa tan forzada como la de él. Al volver su atención a la mesa, él supo que era su momento decisivo. Ya no doblaría sus apuestas. Esa estrategia casi lo había aniquilado.

El rastrillador le pasó los dados a un nuevo tirador. Cada vez que le habían ofrecido los dados a Raúl los había rechazado, prefiriendo apostar a la suerte de otro. Había preferido concentrarse en sus apuestas, y no en rodar los dados.

El tirador rodó un siete, e inmediatamente ganó. Hubo otra serie de apuestas mientras los dados pasaban alrededor de la mesa. Comenzaba a conocer y a evaluar, con algo de exactitud, lo afortunado que sus compañeros de juego habían sido esa noche. La mayoría de las veces apostaba con ellos, y a veces en contra de ellos. Pero siempre observaba lo que hacían los más expertos, y a menudo él hacía lo mismo.

Perdió varias tiradas, pero ganó más de las que perdió. Cuando su pila de fichas se había aumentado al tamaño original, tuvo la tentación de doblar sus apuestas. Pero resistió las ganas, y apostó juiciosamente, de una ficha por tirada. De nuevo, su buena suerte perduró. Continuó, y ganó más veces de las que perdió.

Cuando su pila aumentó al doble del tamaño original, decidió que ya había jugado suficiente. Había comprobado lo que para él era importante, y había recobrado su orgullo. Miró alrededor en busca de Adriana, con ganas de compartir su triunfo.

Pero ella ya se había ido. El lugar donde había estado parada, estaba vacío. Ya pasaban de las tres, lo sabía, y en la última hora se había ido mucha gente. Sólo los tahúres empedernidos quedaban.

Cuando había estado ganando, había estado tan concentrado en el juego que había dejado de buscar la mirada aprobante de Adriana. Debía de haberse ido cuando él no la estaba mirando. A Raúl se le hundió el corazón al darse cuenta de que ella no había querido quedarse a verlo triunfar. Él había querido mostrarle que sí podía ganar. Pero era tarde, él razonó. Ella trabajaba a tiempo completo además de atender sus estudios de posgrado.

Dándole sus fichas al banquero para cambiarlas por dinero, aceptó una nota por 1600 dólares para redimirla con la cajera. Al ver la cantidad, él supo que debería estar emocionado por haber doblado su dinero, Pero no se sentía emocionado. Al contrario, se sentía decepcionado. Sin Adriana a su lado era una victoria hueca.

Su buena suerte continuó. O tal vez, no, de acuerdo de cómo uno viera las cosas. Después de tres escasas horas de sueño, se había levantado para ir a su entrevista. Estaba somnolento y no se había preparado adecuadamente, pero tenía que cumplir.

La suerte volvió a sonreírle. El jefe de las humanidades, que lo iba a entrevistar, había tenido que salir de emergencia. Tuvieron que aplazarle la entrevista para el siguiente martes. Pidiéndole miles de disculpas, le ofrecieron un viaje redondo para que volviera la próxima semana. Pero no lo aceptó, prefiriendo quedarse en Las Vegas.

Raúl se sintió como un niño que acaba de salir de la escuela, y bajó saltando los escalones del edificio de las humanidades. Cruzó el paseo chiflando una canción. Al caminar por la entrada principal, se encontró en Maryland Parkway. Recordó la corta distancia que había recorrido en el taxi para llegar a la entrevista, y decidió regresar caminando al hotel. Había calculado que era poco más de una milla de distancia, además de que era un día de marzo agradable, ni muy caluroso ni muy frío. Quizás un poco de ejercicio le quitaría las telarañas de su cerebro.

Al dar vuelta en la avenida Harmon, a unas cuantas cuadras estaba el hotel Hard Rock. Se le ocurrió entrar y comprar algunas camisetas de recuerdo. En la tienda de regalos encontró lo que quería, y estaba seguro de que a sus hermanas y a su sobrina les gustarían las camisetas. Mientras que las pagaba, notó un libro acerca de apuestas. Lo levantó y lo hojeó.

Toda su vida había dependido de libros para enseñarle lo que él quería saber. ¿Por qué no estudiar el juego? Si se iba a quedar en Las Vegas necesitaría aprenderlo. Pero ésa no era la razón por la que se iba a quedar. Aunque sus ganancias de la noche anterior habían sido emocionantes, Adriana era la verdadera razón por la que él quería quedarse. Y no quería volver a hacer el papel de tonto.

Compró el libro.

Con sus compras en una bolsa de plástico, continuó por la avenida Harmon hacia Xanadú, planeando su estrategia. Ya había decidido confesar, pero quería explicárselo a Adriana, no a un gerente desconocido, aunque él no esperaba de ella ningún trato especial. Si él quería verla otra vez, tenía que convencerla para que lo perdonara. Tendría que persuadirla de que no estaba loco y que no era un fraude. Quería que ella comprendiera su motivación y hacerla creer que él era un hombre de bien. Era mucho esperar, considerando lo sucedido de la noche anterior.

¿Qué tanto debería él decirle? ¿Que su familia lo instigó al viaje porque él se sentía muy desdichado? *Eso es emocionante, como una maniobra para intrigarla,* se dijo en burla. ¿Debería decirle lo de su ex novia, Margarita? Otra maniobra, justo lo que una mujer quiere escuchar, lo infeliz que era porque la novia lo había abandonado. Eso lo haría verse grande ante los ojos de Adriana.

Meneando la cabeza, entró por las puertas giratorias del frente de Xanadú. No quería echar una mentira, y menos a Adriana. Pero si no mentía, ¿qué le diría?

Cuando llegó a su habitación, empacó rápidamente. Quería estar listo para mudarse a otro cuarto. Terminó, y miró el reloj. Todavía era muy temprano para llamar. De casualidad él la había oído hablar la noche anterior con la aerolínea, y por eso sabía que su turno empezaba a la una.

Con su tarjeta a su lado en el buró, se dejó caer sobre la cama. Cambiando de canales en la televisión, encontró uno que explicaba lo rudimentario de los diferentes juegos de azar de Xanadú. Tomó su libro de apuestas y trató de seguirlo.

El vídeo del hotel se había repetido tres veces. Sus ojos se le pusieron tan arenosos como una hoja de lija. Se quitó los lentes y se frotó los ojos. Volvió a tratar de enfocarse en el vídeo, pero su atención se desvanecía. Decidió que el juego era más apropiado para un matemático que para un profesor de ciencias sociales. Con ese pensamiento cerró los ojos otra vez.

Adriana llegó temprano al trabajo. Aunque se había acostado muy noche, no se sentía cansada. Tenía la energía de alguien que espera algo. Ya comenzaban las vacaciones de primavera, y había terminado su tesis antes de la fecha acordada. Ahora sólo tenía que esperar las revisiones de su profesor. La vacación le daría más tiempo para su trabajo. Más tiempo para desenmascarar a un fraude.

Sirviéndose una taza de café se fue a su computadora, saludando de pasada a sus compañeros de trabajo. Al llegar a su escritorio, se encontró una pila de mensajes. Una de ellas era del señor Bennett, su jefe. Quería que ella fuera a su oficina tan pronto como llegara.

Tenía idea de por qué la llamaba. Él le preguntaría sobre el disgusto de la ballena llamada Henderson.

Al mirar el reloj, se dio cuenta de que todavía no era hora de comenzar sus horas hábiles. Después de investigar a Damián Escobedo, llamaría a su jefe. Prendió la computadora sin hacer caso alguno a su correspondencia electrónica, y se fue a los expedientes.

Sacando el expediente a la pantalla, comenzó a examinarlo. Antes de leer tres líneas, había resuelto el misterio. ¡El premio gordo! Damián Escobedo era un gemelo. Tenía un hermano idéntico llamado Raúl. Se le olvidó llamar a su jefe, y sintió una onda de adrenalina, como un ave rapaz que va a devorar a su presa. Levantó el teléfono y marcó el número de Damián. Ella oyó el sonido del teléfono, segura de lo que hacía, sin ningún remordimiento.

Estaba dispuesta a apostar que él era *Raúl* Escobedo, y no Damián quien estaba ocupando el grupo de habitaciones en el piso 21.

Capítulo Cuatro

Raúl oyó sonar un timbre. Recordaba ese sonido desde su niñez en la escuela, aunque en la universidad no tenían timbres. Esforzándose para despertar, se dio cuenta de que era el teléfono. Se rodó por la cama hasta el lado contrario y lo contestó.

—Sí.

—Ra... ah, Damián, habla Adriana. ¿Puedo subir?

Su mente aún adormecida captó el nombre de ella. Se sentó en la cama como de salto.

—¿Quieres subir? —Raúl no podía creer su buena suerte. Había querido llamarla, esperando que ella lo rechazara. Pero en vez de eso, ella lo había llamado para ir a su habitación. Era como una respuesta a la plegaria que él no se había atrevido a orar.

—Por favor —él se pasó la mano por su pelo, tratando de peinarlo—. Ven. Sube.

La oyó colgar, y le extrañó el final brusco. Se levantó y fue al baño para tratar de ponerse los lentes de contacto en sus ojos tan cansados.

Pero esto no quería decir que iba a perpetuar su mentira. Ésta era la oportunidad perfecta para confesar su transgresión. Pero sabía que se veía mejor con sus lentes de contacto que con los tradicionales. ¿Comenzaba a brotarle la vanidad?

* * *

Adriana levantó su mano para tocar a la puerta, pero luego la bajó. Tuvo la intención de usar la llave, pero recapacitó. Sabiendo que él era un impostor que ilegalmente ocupaba el juego de dormitorio, sus sentidos le decían que entrara de asalto sin consideración alguna a Raúl. Él se lo merecía, tomando en cuenta el fraude que él había cometido.

Pero no tenía el valor. Se podría decir que eso se debía a su decencia, o cortesía, o hasta por el aprecio que le tenía a Damián–Raúl, pero no podía hacerlo. Guardó la llave en su bolsa y tocó a la puerta.

Raúl la abrió inmediatamente. ¿Acaso él la estaba esperando?

Su impostor estaba de pie, sonriéndole, y con toda amabilidad le había abierto la puerta. Él traía lentes, un par de estilo Buddy Holly con marcos negros. A ella le pareció que no le ayudaban a mejorar su apariencia. Y si se los había puesto para inspirar compasión, no le había dado resultado.

—Pasa, Adriana. Siéntate, por favor —le ofreció.

—Prefiero quedarme de pie.

—Como gustes —dijo—. ¿Quieres algo de tomar?

—De la cantina bien surtida que el hotel te ha proporcionado —respondió ella de inmediato, recordándole a él de su detestable invitación de la noche anterior.

Él sintió el pinchazo. Vaciló y se le oscureció la cara. Sacó un pañuelo de su bolsillo y comenzó a limpiar sus lentes.

Antes de que ella pudiera decir otra palabra, él declaró:

—Te iba a llamar —se puso los lentes y se embolsó el pañuelo—, pero creí que era muy temprano. ¿Que no comienza tu turno a la una?

—Sí, pero tenía algo que atender, por eso llegué temprano.

Ella respiró profundamente. El momento había llegado. No más charla de cortesía, no más rodeos. Había que confrontarlo con su fraude y acabar con esto. *Hay que pedirle su identificación, o varias identificaciones,* pensó ella.

Hablaron al mismo tiempo, sus voces chocaron, y no lograron oír sus respectivas palabras. Él hizo una pausa. Ella calló. Se miraron uno al otro.

—Creo que estabas diciendo algo sobre una identificación —registrando su bolsillo, sacó su cartera. La abrió, y se la entregó a ella con su licencia de manejar de Texas—. Eso era lo que trataba de decirte, por qué quería hablarte. Aquí está, tómala —ella la aceptó y la escudriñó—. No soy Damián Escobedo —él admitió—, soy Raúl, su hermano gemelo.

Al oír esas palabras y ver la identificación, ella debería haberse sentido triunfante, satisfecha de haber desenmascarado a un impostor. Pero desafortunadamente se sentía rebajada y extrañamente frustrada.

Concluyó que él era un verdadero fraude, le había admitido su culpabilidad. Y a ella le había caído bien, y lo encontraba atractivo a pesar de su ineptitud y errores de la noche anterior. O tal vez precisamente por eso. Nunca antes había conocido a alguien como Raúl Escobedo.

—Así que lo admites —dijo ella, casi para sí misma—. Por eso es que vine, a confrontarte —levantó su cabeza y los hombros, y lo miró fijamente. No había creído que él iba a confesar tan fácilmente. Su honradez le había quitado a ella su severidad, dejándola incierta de qué medidas tomar. Pero eso no cambiaba las circunstancias. Debería tomar control de la situación.

—¿Entiendes lo que has hecho? —ella dijo con aspereza—. Has cometido un fraude en contra del hotel. La gerencia puede demandarte —agregó.

—Sí, sé lo que he hecho —se pasó la mano por su pelo.

Qué bueno, pensó ella, *al menos está nervioso, como debería de estarlo.*

—Mi hermano y yo no pensamos...

—No pensaron, no pensaron —ella lo cortó, meneando la cabeza—. Tu hermano es un agente de ventas, obviamente muy capaz para haberse ganado viajes. ¿Tengo razón?

Él asintió, con sus facciones que eran una estampa en aflicción.

—¿Y cómo se gana la vida, señor Escobedo?

—Soy profesor de universidad.

—¿Un profesor de universidad? Eso es hasta peor.

—¿Por qué? ¿Por qué es peor?

—Porque, porque —tartamudeó, asombrada por la indiferencia de él a la moralidad del asunto, sin considerar la legalidad—. Porque los profesores de universidad deben servir como ejemplo a la juventud de la nación. Gente en su posición no deberían andar burlándose de las leyes, y...

—Un momento —era el turno de él para interrumpirla—. Mis estudiantes no están presentes. Ni van a saber que yo...

—Siempre y cuando sea un secretito sucio, no sucedió nada —ella lo interrumpió—. Gran filosofía, señor Escobedo —la voz de Adriana chorreaba sarcasmo, pero no le importaba. A ella le ofendía la actitud tan casual—. Si eso es lo que siente, va a transmitir su falta de buena moral a sus estudiantes, ¿sí? —Le enterró el puñal.

—Dejemos a mi moralidad fuera de esta discusión, ¿sí? —él gruñó—. Fue un simple error de mi criterio. Libremente admito que cometí un error. Pero eso no quiere decir que voy a arruinar la moral de la juventud de la nación. ¿No nos estamos acalorando demasiado? —agregó sin titubear.

—No hable por mí. Yo me siento cómoda con la dirección de esta conversación —cruzó sus brazos sobre el pecho, y lo miró con furia al regresarle la cartera. Diciendo maldiciones sin que se oyeran, volvió a pasarse su mano por el pelo.

—Ven conmigo, Adriana, quiero enseñarte algo.

De mala gana ella lo siguió, aunque sus piernas se sentían tiesas, como si no se quisieran mover. Y no le agradaba en lo más mínimo. Él era un impostor confirmado, y la guiaba a su recámara. ¿Por qué lo seguía ella como una cachorra desamparada?

—Mira —él levantó su brazo y le señaló sus valijas empacadas sobre la cama—. Estaba listo para confesarte mi identidad y desalojar el dormitorio. Contrario a lo que tú puedas opinar, yo sí tengo conciencia. Y me molestaba estar aquí por engaño —Raúl la miró con una mirada que suplicaba comprensión—. También estoy preparado para hacer restitución. Pagaré por el grupo de habitaciones, el chófer, y por los demás gastos que le deba a Xanadú. ¡Perdición! Pagaré hasta por tu tiempo, Adriana.

—No creo que eso sea necesario, digo, lo de mi tiempo. Suena como si yo fuera... como lo que usted pensó anoche.

—Es cierto, ¿verdad? —él estuvo de acuerdo—. Tal vez deberías de examinar de nuevo la descripción de tu posición.

—¿Qué quiere decir con eso?

—Sólo lo que acabo de decir. Especialmente porque estás tan consciente de las apariencias y de la fibra moral de la juventud.

—Oooh, eso no es justo. No se vale —dando golpecitos ligeros con un pie, descruzó sus brazos, y los volvió a cruzar. Se creyó justamente enojada. Sus manos le temblaban, pero las apretó y las puso bajo su pecho. Temía aflojarlas, pues tenía ganas de darle una cachetada para quitarle aquella mirada de presumido.

—¿Cómo dice el refrán acerca de las casas de vidrio, y no hay que tirar piedras?

—Señor Escobedo, yo no soy la acusada aquí. No trate de cambiar el tema de su culpabilidad. Es una táctica baja, y...

—Tienes razón —él lo aceptó—. Perdóname, por favor. Sencillamente es que... —su mirada se enredó con la de ella. Y que Dios la ayude al ver los ojos de él con aquella mirada tibia de sus ojos café. Ella sintió una emoción que le corría por su columna de arriba a abajo.

—Siento como si me hubieras atacado. No sólo por lo que he hecho sino también por lo que soy —él explicó—. Eso no es agradable, ¿sabes? Porque yo sí tengo principios. Aunque puedo entender por qué tú no crees que los tengo.

Ella no debía sentir empatía por él, lo sabía bien, pero no podía evitarla. Él había sido tan buena persona desde el principio, no como los otros tahúres, no como otros hombres.

A ella le simpatizaba, y admiraba su sensibilidad y sentido del humor medio irónico. Ella había creído que genuinamente a él le importaba ella como persona. No podía recordar cuándo un hombre la había tratado tan bien y la había apreciado como persona.

La vida de ella se parecía al panorama de Las Vegas. Era un desierto árido lleno de obligaciones y responsabilidades, sin apreciación. La ambición regía su vida, y triunfar era todo para ella. Desde la muerte de su mamá se había adherido al código estricto de su padre: triunfo a toda costa, aunque esto significara falta de tiempo para su vida personal.

Raúl Escobedo era joven y guapo. A ella le había

atraído desde el principio. Además de su aspecto, a ella le gustaba el hombre. Era la primera vez en mucho tiempo que se había sentido así. El descubrir que él era un impostor había quebrantado sus frágiles esperanzas. Y esto era en realidad el verdadero principio de su ira y fea acrimonia. Estaba desilusionada, totalmente desilusionada.

—¿Por qué lo hizo? —ella tenía que saberlo. A pesar de lo que su sentido común le dictaba, ella quería absolverlo.

—¿Por qué? —él repitió—. Fue una movida estúpida, lo admito. Mi gemelo, Damián, se ganó un viaje por exceder su cuota de ventas. Él ha estado en Las Vegas tantas veces que un viaje más no lo emocionaba. Y yo tenía que venir aquí a una entrevista con la universidad.

—¿La Universidad de Las Vegas donde estudio yo?

—Sí, pero no te preocupes —se sonrió tímidamente—. No voy a arruinar la fibra moral de tus compañeros. Soy profesor de ciencias sociales.

—Oh —eso fue todo lo que a ella se le ocurrió decir, avergonzada porque había asaltado a su carácter.

—Para hacer la historia corta, mi hermano quería que yo tomara la vacación, que me quedara en Las Vegas unos días y me divirtiera con el viaje que él se había ganado. Me dijo que me tratarían como a un rey. Meneando su cabeza admitió:

—No tenía idea de lo que quiso decirme.

Señalando su habitación con su brazo declaró:

—Esto es mucho más de lo que yo me había imaginado, y al verlo supe que no podía tomar ventaja. Pero quería recobrar mi equipaje, y... —hizo una pausa, y sus ojos buscaron la cara de ella—, quería verte más antes de terminar con el juego —le confesó—. Ésa es la verdad. Espero que me creas. Y lo repito, quiero pagar por todo. Por favor, dame una cuenta detallada.

Sus palabras finales casi no le penetraron a Adriana. Ella se había fijado en su mirada penetrante y su admisión de que él quería verla más. O sea que él no había sido simplemente gentil. Él se había sentido atraído genuinamente por ella. Aparte de los juegos, a él también le gustaba ella. Ahora Adriana entendía su afán de protegerla, y su actitud grosera cuando él la creyó "una dama de la noche". Él se había desilusionado, lo mismo que ella.

Al pensar en ello, Adriana sintió una corriente de calor en su cara. Era vergonzoso sonrojarse, pensó. Pero hacía tanto tiempo desde que alguien le había afectado así, que le complacía. Mucho. Al menos eso comprobaba que todavía estaba viva y que tenía sentimientos.

A sabiendas de todo eso, ella no lo podía culpar por hacerse pasar por su gemelo. Su hermano, Damián Escobedo, se había ganado un viaje que incluía ciertos privilegios. Su compañía, era obvio, había pagado por el viaje, en efectivo o había mandado suficientes tahúres a Xanadú para cubrir los gastos. Damián le había dado a Raúl el viaje, ya que Damián no planeaba hacerlo. ¿Qué daño había en esto? Ninguno, en la forma de pensar de ella.

—Aprecio su honradez, señor Escobedo, pero su hermano se ganó el viaje, y si quería dárselo a usted, entonces no veo ninguna razón...

—No, no puedo aceptar eso —él la interrumpió—. Lo siento, Adriana, y por favor échame a la policía antes de que me vuelvas a llamar "señor Escobedo". Lo odio. Hasta mis estudiantes me dicen Raúl.

Ella se rió, y respondió en desquite:

—"Señor Escobedo" es más fácil que memorizar "Damián" y luego cambiar a "Raúl".

—Una vez más te ruego me perdones por la farsa. Pagaré por el grupo de habitaciones —afirmó categóricamente—. Y me gustaría quedarme en Xanadú por unos días más. En una habitación más moderada, desde luego. Algo al alcance de mi bolsillo.

Su honradez y sinceridad la conmovió. Adriana se fijó en las maletas empacadas sobre la cama. En realidad las estaba viendo por primera vez. Era evidente que él no era alguien que no cumplía su palabra o que se escapaba de sus obligaciones. Él guardaba su palabra, quería pagar por los gastos y mudarse a otra habitación.

Raúl Escobedo era un hombre de honor. Por experiencia, ella sabía que todos trataban de protegerse a sí mismos, tomando con egoísmo todo lo que podían obtener, especialmente si era gratis. Pero había un hombre que quebraba ese molde. Un hombre sensitivo que tenía conciencia, a quien sí le importaba.

Él estaba de pie a distancia de un latido del corazón, con sus ojos oscuros acariciando a los de ella. El aroma a especias, limpio y masculino, la rodeaba. Ella descruzó sus brazos, y al dejarlos caer se sintió singularmente sin protección. De repente se encontraba receptiva y vulnerable a este hombre. Temblaba ante posibilidades desconocidas, como si hubiera estado a la orilla de un gran abismo sin fondo.

Su mirada se clavó en los labios de Raúl, que se movían con sensualidad. Un cordón invisible los ató. Algo como una red de gasa sutil con hilos invisibles la atrajo y la empujó. ¿Debería ella dejarse llevar por sus sentimientos? ¿Debería hacerlo?

Tomando un paso hacia él, ella sintió como si estuviera cruzando el desierto. Era un terreno yermo que atravesar sin la promesa de un oasis al final. Parándose de puntillas, con sus labios tocó los de él. Se sintió como Colón descubriendo el Nuevo Mundo; había rozado sus labios con los de él.

El contacto fue breve pero explosivo. Sus sentidos cayeron en un remolino cuando sintió sus labios moldearse tibiamente sobre los labios de él. Asombrada por su reacción, retrocedió.

Sus brazos la capturaron y la arrollaron. Trayéndola hacia su abrazo, le apresó de su boca. Húmeda y tibia, su boca se cerró sobre la de ella, acariciándola con un beso fuerte y tórrido, lleno de pasión, firme y suave al mismo tiempo. *Como el purgatorio y el firmamento,* pensó ella.

Sus labios exploraron los de ella, vacilantes y cedentes, pero también exigían, llenos de un deseo ansioso. El deseo reverberaba por el cuerpo de ella, desde arriba de su cabeza hasta la punta de sus pies, sacándole una necesidad de responder, y un resonante deseo que le venía desde la viva médula de sus huesos.

Se quedó abrazada a él, perdida en la magia de las dos bocas fundidas. Él la incitaba, mordisqueándole el labio inferior y tocándole con su lengua la carne sensitiva alrededor de los labios. Suspirando dentro de la boca de él, ella se dejó llevar por el embeleso que seguía incitándola.

Cómo había deseado sentirse así de amada y apreciada; sentir que la pasión lentamente se filtrara por sus venas, con su corazón latiendo a paso ligero como si fuera a salírsele del pecho. En su deleite de esas sensaciones, se sentía viva por primera vez en mucho tiempo.

Con una insistencia gentil que casi era traicionera, Raúl separó sus labios sólo para penetrarle la boca. Sus lenguas se tocaron, y ella saboreó el terciopelo tibio y la aspereza deliciosa de aquella carne íntima entrelazada con la de ella.

Abrió su boca aún más y volvió a saborearlo. Ella quería seguir devorando su esencia con hambre desmedida. Estaba llena de necesidad. Sus lenguas se unieron danzando, copulando y separándose, explorando y retrocediendo.

Él tomó la cara de ella entre sus manos, y separando sus labios, quebró el beso. Sus ojos café estaban derretidos de ternura por ella, llenos de sentimientos inexpresados.

—¿Quieres decir que me perdonas? —él le preguntó.

—*Claro.*

—Hablas español —le dijo en tono acusante.

—Nunca he dicho que no lo hablo. Pero no es fluido.

—Entonces te enseñaré.

—Eso me agradaría.

Ella tomó muy a pecho la promesa que le ofreció, la promesa de mañana. Con esperanzas de que fuera real, con un gran deseo de que fuera sincero. Pero al mismo tiempo tenía miedo. Miedo de que ella no estaba lista para esto.

Deliberadamente había rechazado noviazgos para concentrarse en sus estudios y carrera. Pero esto era diferente, muy diferente.

—¿Cuándo empezamos? —él le preguntó.

—¿Empezar?

Ella retrocedió un paso. De mala gana, él la soltó y metió sus manos en los bolsillos, como para apresar su tentación. Ella sonrió en sus adentros.

—Quieres decir, ¿cuándo empezamos las lecciones? —ella frunció los labios como para concentrarse, jugueteando con él—. Creo que tan pronto como sea posible.

—Me alegra oír eso —dijo radiante—. ¿Puedo verte esta noche después de tus horas de trabajo?

—Creo que podría ser posible.

—¿Cena y un show?

Arrugando su nariz, ella gozó verlo entusiasmado de estar con ella, y lo dejó que siguiera hablando.

—¿Cuál show? Sabes, los he visto casi todos.

La cara de Raúl se ensombreció, pero luego se volvió a alegrar.

—No puedes haberlos visto todos, no los más nuevos en cartel. ¿Qué no los cambian cada dos semanas?

Ella se rió.

—Para ser novato aprendes muy pronto —dándose golpecitos en la barbilla con un dedo dijo—:

—Déjame pensar. ¿Qué te parece, Cher en el MGM?

—Me parece muy bien. Llamaré para ordenar boletos.

Ella arqueó sus cejas, y mirándole fijamente a la cara, le sonrió. Pero él entendió que era una indirecta. Se acercó a él y le apretó el brazo, murmurándole:

—Mi caballero en coraza reluciente, listo para degollar dragones por mí. Dragones de hoy en día, como el obtener boletos para ir a ver a Cher la noche del viernes en Las Vegas.

Él hizo un ceño al responder:

—Quieres decir que es imposible, ¿sí?

—Hace semanas que se agotaron los boletos para ese show.

—Entonces, ¿por qué...?

—Nada más bromeaba.

Ella trataba de saber porqué ella lo había puesto en esa situación. ¿Para ver si él la seguiría sin importarle a dónde? ¿O para probarle que ella estaba muy bien informada de todo lo que acontecía en Las Vegas? Cualquiera de las dos razones no eran nada gratas. Ya tenía mucho tiempo sin tener novio. Aunque Raúl no era su verdadero novio. Se iría en unos días, ¿no era así?

—¿Hay algún otro show que quisieras ver? —él no parecía molesto por la trampa de mal gusto que ella le había tendido.

—Sabes, ¿por qué no vamos a un club de comedia? —a ella se le vino una ráfaga de inspiración—. Se puede captar talento fresco en esos clubes.

—Eso suena divertido. Pero déjamelo a mí, ¿sí? No quiero que estés de turno esta noche. Me encargaré de todos los detalles, incluyendo la cena. *¿Me entiendes?*

—*Entiendo* —ella le sonrió—. ¿Qué le parece, profesor?

—*Muy bien* —dijo, contestándole la sonrisa.

Ya en camino hacia la puerta, ella se volteó a medias y le dijo:

—Hay algo más.

—¿Sí?

—Pierde esos lentes, están horribles. *Por favor.*

Al dejar el banco de elevadores, Raúl la vio inmediatamente de pie en medio del vestíbulo. Su cabello rojizo estaba amontonado en un peinado alto con un nudo algo caprichoso, con unos pocos rizos sueltos que acariciaban su garganta. Mirándole su cara hermosa, aprobó el peinado nuevo. Le hacía resaltar sus finas facciones. Luego bajó su mirada para ver el resto de ella.

Ya no traía puesto el traje severo profesional. Lo había reemplazado con un vestido negro, estilo tubo, tan sencillo que casi era austero. No tenía encaje o piedras brillantes o adornos, era nada más tela negra que le acentuaba las partes debidas. Sus hombros dorados lucían descubiertos, excepto por unos escasos tirantes estilo fideo. El vestido le llegaba a medio muslo, enseñando sus piernas musculosas en tacones negros tipo estilete, con las puntas adornadas de lentejuela.

Mirándola fijamente, se le secó su garganta. Casi no podía creer su buena suerte. Casi no podía creer que iba a salir con Adriana esa noche... y no porque era parte de su trabajo.

La confesión había sido una de las cosas más difíciles que él había hecho jamás. Al encararse con ella, se había sentido como atrapado en medio de una tormenta. Truenos y relámpagos y latigazos de lluvia, y luego calma después de la tormenta. La maravilla más real era el hecho de que ella, aun sabiendo la verdadera identidad de Raúl, siempre había querido salir con él.

Enderezándose su corbata, esperaba que la ropa que había escogido no fuera demasiado formal para la ocasión. Si lo fuera, se quitaría la corbata y hasta su mejor saco deportivo. Lo mismo que había hecho con los lentes porque ella se lo había pedido.

—Hola —la saludó.

Inclinándose hacia adelante, sus labios rozaron los de ella, recordando el beso anterior. Éste la había cambiado, él pensó con un poco de jactancia. Por alguna razón la había suavizado. Después del beso se había tornado más despreocupada y hasta había bromeado con él al grado de abandonar su comportamiento corporativo y serio. Y si el vestido era una indicación de su ánimo, él apostaría a que ella estaba dispuesta a gozar la noche.

—Te ves regia —la admiró. Era una declaración exageradamente modesta.

—Tú también —dijo ella con genuina aprobación en su voz. Él, un poco relajado, se sintió satisfecho de haber escogido ropa tirando a informal.

Al tomarla del brazo, él le preguntó:

—¿Qué es esto? —él había estado tan lleno de admiración por su figura en el vestido que se la delineaba, que no se había fijado en el chal que llevaba sobre su brazo.

Se acomodó el chal en el otro brazo y le contestó:

—Para el aire acondicionado. Aun en marzo tienen el aire puesto en todas las salas. —Lo miró y le preguntó—: Vamos a un club de comedia, ¿sí?

—Entre otras cosas —él dijo con deliberada evasión.

—¿Qué otras cosas?

—Esta noche yo me encargo de todo, ¿recuerdas? Todo lo que tú tienes que hacer es divertirte.

Y lo dijo en serio. Ella se pasaba el tiempo creando noches perfectas para otra gente. Ahora era su turno para divertirse. Después de cambiarse a otra habitación, él había pasado su tiempo planeando la noche. Había estudiado algunas guías para pasearse en Las Vegas. Unas se las dio el hotel, y otras las había encontrado en la librería. De entre tantos, escogió varios lugares. Luego bajó y consultó con el conserje sobre sus selecciones. Quería que todo saliera perfecto. Y con lo informada que estaba Adriana acerca de Las Vegas, él no podía llevarla a un lugar para turistas. Esta noche sería especial.

—Bien, profesor, señale el camino. Mi coche está afuera, enfrente —revisando su bolsa bordada en lentejuela negra y roja, sacó las llaves del coche.

—¿Si lo dejas aquí varias horas estará seguro? ¿O hay que estacionarlo atrás?

—¿Qué quieres decir? Creí...

—Que llevaríamos tu coche —él le terminó—. No en una cita conmigo, no. Tomaremos un taxi.

—Ah, el hombre macho, ya veo —ella le apretó el brazo—. ¿Cómo podría resistirme? Pero sabes que es dinero malgastado cuando tengo mi coche.

—Mi bolsillo anda rebosante —se le ocurrió decir. Aunque eso ya no era verdad. Se habría acercado más a la verdad si hubiera dicho que andaba rebosante hasta que tuvo que pagar la cuenta de su grupo de habitaciones. Pero una promesa era una promesa, y todavía le quedaba suficiente—. Anoche gané en los dados.

—¿Que tanto te quedó al fin? Me fui cuando todavía estabas jugando.

—Sí, lo sé —dijo con un algo de reproche.

—Oye, era muy noche, y me esperé hasta ver que te estabas emparejando.

—¿Era tan duro verme? —ahora podía hablar sin ambages. Era como si compartieran un secreto especial entre los dos: su valiente pero ridículo acertijo.

Ella echó su cabeza hacia atrás y se rió, admitiendo:

—Al principio, pero te lo figuraste muy pronto.

—Era cuestión de humo y espejos y de observar a los otros jugadores. De veras que no tenía la menor idea, especialmente cuando empecé.

—Eso era obvio —ella dijo bromeando.

Él respondió con un gruñido mientras que la dirigía hacia la línea de gente que esperaba taxis en frente del hotel.

—¿Necesitas mover tu coche?

—De veras hablas en serio de un taxi, ¿sí?

—Sí.

Mirando a su alrededor, ella le hizo una señal a uno de los ayudantes de estacionamiento. El joven se apresuró, y le preguntó en qué podía servirle mientras él, sin disimularlo, le admiraba su figura en el vestido que la hacía verse escultural.

Sin estar acostumbrado a tener urgencias neandertaloides, Raúl se asombró de que con gusto pudo ponerle al joven el ojo exploratorio a la funerala. Ésta era ya la segunda vez que físicamente salía a proteger a Adriana. Meneó su cabeza. Nunca antes se había sentido así por una mujer.

El joven tomó las llaves de Adriana y se fue a mover el coche al estacionamiento de empleados. Volteando a ver a Raúl, ella le dijo:

—Con eso se arregla lo de mi coche. ¿Dónde está nuestro taxi? —quiso saber.

—Aquí —la dirigió hacia un taxi que esperaba

mientras que el portero les mantenía abierta la puerta del taxi.

—Llévanos al Estratosfera —él ordenó al chofer después de que se acomodaron. Raúl preguntó a Adriana—: ¿Has estado en el último piso?

—No, he querido hacerlo, pero no he tenido tiempo.

—Dicen que es muy bonito a la hora del ocaso, cuando se prenden todas las luces.

—Eso es lo que he oído —ella dijo sonriente.

A él no se le había escapado aquella sonrisa envuelta en un secreto, y estaba muy seguro de que la había entendido bien. Pasear a Adriana por Las Vegas era como darle a un director de museo un paseo por su propio museo. Una misión bastante delicada.

No era cuestión de su orgullo masculino lo que lo impulsaba a enseñarle la ciudad. Al menos él esperaba que no lo fuera. Quería que ella se relajara y gozara, en vez de que se preocupara por detalles. Quería que esa noche fuera especial, una noche que ella pudiera recordar por siempre. Después de todo, tendrían nada más unos días juntos, luego él tendría que regresarse. A menos que le ofrecieran trabajo allí. Nunca antes le había importado dónde pudiera encontrar una nueva posición, siempre y cuando estuviera lejos de su familia sobreprotectora. Pero ahora sí le importaba. Justo cuando creía que estaba emocionalmente muerto, había conocido a Adriana. Ahora estaba dispuesto a mover cielo y tierra con tal de que le dieran la posición en UNLV.

Por entre las sombras dentro del negruzco taxi, Raúl envolvió su mano con la de Adriana, entrelazando los dedos largos y finos con los de él. Y se sentía de tal modo que no quería que la noche terminara.

Se dilataron en tomar sus cocteles después de la cena, manos entrelazadas, y hablando trivialidades.

En realidad habían estado unidos de la mano la mayor parte de la noche. Adriana sonrió. Le gustaba tener su mano entre la de él. Los dedos de Raúl eran largos y delgados pero fuertes. Sus manos eran a la vez ásperas y suaves y tibias contra la piel de ella, le recordaban a los labios de él.

Raúl se había esmerado en todo esta noche, con los taxis y con la Estratosfera a la hora del ocaso. La torre de la Estratosfera, el edificio más alto al oeste del río Mississippi, había sido una experiencia fuera de lo común mientras que las famosas luces de Las Vegas centelleaban. Tuvieron vista hacia cada punto cardinal. La ciudad de Adriana se había visto como una túnica enjoyada, extendida bajo sus pies.

De allí él la había llevado a un área suburbana de Las Vegas alejado del ajetreo del *Strip*, a un restaurante muy francés y muy distinguido. Cuando ella entró al restaurante, le llegó una ligera emanación de aromas. Luego supo que cualquier platillo que ordenara sería un manjar exquisito. Y había acertado. Creyó que era lo mejor que ella jamás había comido.

No sólo era la comida suprema, sino que también tenía un ambiente sublime, especialmente para el romance. Miró a su alrededor y pensó cómo lo habría encontrado Raúl. Ella había leído críticas sobre el restaurante, pero nunca le había mandado clientes porque estaba muy alejado de toda la acción.

Era un lugar chico con unas cuantas mesas, dedicado a una clientela selecta. Las paredes estaban decoradas en brocado color durazno, puntualizado con copias de cuadros franceses impresionistas. Palmas arica en macetas, estratégicamente situadas entre las mesas, permitían una rara solitud en el comedor. Las velas con su media luz, y los violines que tocaban en el fondo, agregaban una nota de intimidad al ambiente.

Ella sabía que había sido una noche perfecta.

Hasta la conversación había sido excelente. Era refrescante para ella conversar con alguien de gran intelecto, alguien que estaba informado e interesado sobre los sucesos del mundo, no nada más en una de sus esquinas. Como un soplo de aire fresco, Raúl Escobedo había volado hasta su vida, llevándola lejos del mundo al que ella estaba acostumbrada, sin siquiera tener que salir de los límites de su ciudad.

—¿Otro coñac, señor? —el mesero había llegado al lado de su mesa.

—¿Tenemos tiempo? —ella quiso saber.

Raúl tenía boletos para el show en Catch a Rising Star, el club de comedia del MGM. A pesar de que ella se lo había sugerido, ya no le importaba si iban o no. Ya había gozado tanto que en ese momento se hubiera conformado con terminar la cita. Pero no quería desperdiciar los boletos, pues él había puesto mucho entusiasmo para planear la noche. Simplemente, ella no quería desperdiciar ni un momento de todo aquello.

Él miró su reloj pulsera y le aseguró que tenían suficiente tiempo.

—¿Quieres algo más? ¿Otro café?

Ella negó con la cabeza.

—¿Te molestaría si me tomo otro?

—No, por favor, hazlo.

—Sí, otro por favor —volteó y le dijo al mesero—, y también la cuenta.

Su mirada encontró la de ella. La luz vacilante de la vela creaba chispas en los ojos café de Raúl, revelando destellos dorados, como preciadas pepitas de oro yacentes en el fondo de un río. Tomando una mano de Adriana, se la llevó a la boca. Con sus labios le rozó toda la parte posterior de la mano. Ella tembló con la inesperada caricia de aquellos labios en su piel. ¿Qué sentiría si él arrastrara sus labios por todas las partes secretas de su cuerpo? ella pensó.

Imaginándose el pensamiento prohibido, ella sintió una vibración emocionante que recorrió su cuerpo, como si fuera bajando la primera loma en el juego de la montaña rusa. Ella se dio cuenta de que no estaba acostumbrada a esos pensamientos. A veces se le había ocurrido que a lo mejor era indiferente cuando se trataba de hombres. Contraria a las hazañas de sus amigas, los hombres no habían tenido un lugar prominente en su vida. La mayoría de ellos simplemente no le interesaban, y los pocos con los que había salido por lo general la habían aburrido.

Raúl Escobedo era diferente. Había hecho todo lo posible por complacerla, y era muy atractivo. La idea de tener una relación con él la intrigaba. Jamás se había citado con alguien que se iría de la ciudad en unos días. Para ella, el tiempo juntos era preciado, casi encantado como un cuento de hadas.

Aún más importante, el tiempo juntos le daba cierta seguridad. Una seguridad para experimentar y luego continuar con su vida y alcanzar sus ambiciones. Aunque ella quería echar raíces algún día, especialmente si encontraba alguien como Raúl. Pero el tiempo era esencial, como diría su papá.

Y el triunfo era de suma importancia. Era la fuerza que la impulsaba en su vida. No permitiría que nada se interpusiera en su camino al triunfo, ni siquiera el simpatiquísimo Raúl. Después del triunfo, el resto seguiría, incluyendo el amor y el matrimonio.

Al sentir una corriente de aire frío, ella tomó el chal con una mano y se lo echó sobre sus brazos. El ambiente del restaurante era acogedor, aun sin embargo sintió un escalofrío. Tiritando, se aferró a las manos de Raúl que eran su fuente de calor.

Capítulo Cinco

Tomando café de un vaso de cartón, Raúl admiraba el panorama. Negras rocas ígneas formaban un cañón profundo. En una blancura lechosa, la presa Hoover dominaba el cañón lleno de rocas entintadas. Detrás de la presa, las aguas cristalinas del lago Mead se abanicaban como una gran mano con muchos dedos. Una lancha de carreras, que se miraba como un punto pequeño, se movía en la lejanía de las vastas aguas, formando un surco detrás. Más abajo de la presa, las aguas turbias verdosas del río Colorado corrían rápidamente por las paredes ásperas y escabrosas.

Era temprano en la mañana, pero Raúl ya podía sentir el sol del desierto fuerte sobre su cuello y espalda. Calculó que el día iba a ser caluroso. Estaba satisfecho de haber comenzado temprano pues así evitarían el calor y las muchedumbres, aunque para ello tuvieron que dormir pocas horas después de una trasnochada.

Mirando hacia abajo al camino tortuoso que conducía a la presa, lo vio lleno de gente, autos y camiones de paseos. Ya Adriana había dicho que como era sábado, habría una multitud en la presa. Para tomar el primer paseo, se habían venido temprano, manejando por el desierto hacia el sol que comenzaba a asomarse jaspeado de colores brillantes.

El paseo había sido interesante, hasta asombroso en una manera singular, como una oda a la batalla de la humanidad contra los elementos. Éste había ilustrado por medio de diálogos grabados y fotos a blanco y negro, desteñidas, como los trabajadores se habían sobrepuesto a condiciones adversas para construir la presa, incluyendo días de más de 120 grados.

Manejando, pasaron por Ciudad Boulder, encaramada en la cima de una montaña. Tenía casas de madera y varios parques. Era una ciudad modelo construida para alojar a los trabajadores que habían llegado desesperados, buscando empleo durante la gran depresión.

Raúl vio el gran contraste con Las Vegas. Era un mundo muy diferente, alejado de las luces brillantes. Era elemental y amenazante, y aún hermoso y evocativo en una manera salvaje y bravía. Tenía gusto de haber venido, aunque sabía que Adriana habría visto esa ciudad cientos de veces. Le agradecía que ella lo hubiera traído.

Como si sus pensamientos la hubieran invocado, oyó un ruido detrás de él y volteó. Era Adriana, que había regresado de una tiendita en la parada de descanso. Con una taza de café en una mano, y en la otra algo envuelto en celofán. Iba caminando con cuidado, esquivando las piedras en el lote de estacionamiento.

Al descubrirla, se la tragó con su mirada. La tira roja de su media blusa revelaba más de lo que cubría. Enseñaba una garganta café-dorada, los hombros, y el escote con una sombra formada por el tentador nacimiento de sus senos. Debajo de su blusa se veía un triángulo de piel desnuda que revelaba la firmeza de su estómago. Los shorts cortos le delineaban sus piernas tostadas y curvilíneas. Vestida de rojo y blanco, parecía un caramelo y provocaba comerlo.

Entre una risa alegre ella le ofreció lo que traía envuelto en celofán:

—¿Quieres una mordida? Es un pastel de luna. No lo pude resistir. Me encantan estas cosas, pero son difíciles de hallar en la ciudad. ¿Quieres?

Meneando la cabeza, él declinó y se volteó, tratando de respirar a ritmo normal. Cada vez que él la veía o aspiraba su aroma que tiraba a limón, el cuerpo de Raúl entraba en sobremando, o sea, latidos rápidos del corazón, palmas sudorosas, y respiración corta, todos los síntomas y señales de su irresistible atracción por ella.

Ella le había revelado poco de ella misma, poco acerca de la persona detrás de aquella cara y cuerpo hermoso. Habían conversado por horas la noche anterior y esa misma mañana, pero sólo de cosas impersonales.

Él sabía mucho más de lo que quería saber sobre el trabajo y los cursos que ella estaba tomando. También se había enterado de las creencias políticas de ella y los asuntos que le concernían sobre el ritmo apresurado y lo superpoblado del mundo. A su vez, Adriana se había enterado de que él era profesor de estudios multiculturales con énfasis en la cultura mexicoamericana. Además, conocía su ideología política, un poco a la izquierda y más liberal que la de ella.

Pero él sabía casi nada acerca de los antecedentes de Adriana. Sabía que su madre había muerto, que tenía un hermano, y que su padre trabajaba en la industria de hospitalidad, como ella. Él se prometió que remediaría ese mismo día su falta de conocimiento.

—Es único, ¿sí?—el sonido de la voz lo hizo reaccionar—. Nunca me canso de venir aquí —ella observó el panorama que él había admirado un poco antes. Luego volvió a morder su pastel de luna y a tomar café—. Hay gente que no le gusta el desierto. He oído a turistas decir que les amedrenta por el vacío y falta de vegetación.

Ella se encogió de hombros.

—Creo que si fuera pionera me sentiría así al tratar de cruzarlo en una carreta cubierta. Pero no lo soy, y me gusta su amplio terreno lleno de nada, en contraste a la ciudad. Sabes, uno se puede sentir solo en él, pero es un solo bueno —soltó la risa—. No me estoy expresando claramente, ¿no? Para un profesor, debo de sonar singularmente inarticulada.

—No inarticulada. Es que hay cosas que son más difíciles de hilarlas en palabras, especialmente los sentimientos —*había subestimado la realidad,* pensó Raúl—. Pero creo comprender cómo te sientes. Mientras que estabas adentro, sentí la fuerza de este panorama —volteó a verla—. No puedo agradecerte lo suficiente por haberme traído aquí.

—Era lo menos que podía haber hecho después de anoche —suspirando, ella clavó su mirada en los ojos de él. Bajo la luz brillante del sol, los ojos color índigo de Adriana se aclararon, tomando un color cerúleo, como imitando al tazón del cielo—. Anoche la pasé encantada.

—Casi tanto como hoy —él replicó.

Ella volvió a morder su pastel de luna, y a observar el lago Mead.

—Hoy las lanchas comenzaron temprano. —Mirando al disco que quemaba en el cielo despejado, ella agregó—: Probablemente es mejor así. El día va a estar ardiente.

Cuando bajó el pastel, un poco de chocolate se quedó en su labio superior. Sin pensar, él levantó su mano y con el dedo pulgar trató de limpiarle el chocolate, pero sólo logró desparramárselo.

El toque de la piel tibia de ella lo acaloraba tanto que le quemaba un sendero hacia sus entrañas. Él quería tomarla entre sus brazos y quitarle el chocolate a besos, quería sentir aquellos labios suaves y flexibles debajo de los de él.

—Me ensucié, ¿sí? —dijo ella al sacudir su cabeza—. Y no hay ni una servilleta a la mano. Aunque él no quería retirar su mano, la dejó caer. Ella se llevó su mano hacia la boca y trató de limpiarse el chocolate.

—Espera. Tengo un pañuelo —dijo él.

Revisó el bolsillo de sus shorts, y encontró el pañuelo de lino que siempre llevaba para limpiar sus lentes. Aunque no los traía puestos ese día, traía el pañuelo por hábito.

—Un hombre con pañuelo —bromeó ella—. La marca de un verdadero caballero —echando su cabeza hacia adelante, ella cerró sus ojos y frunció los labios—. Puedes proseguir con la limpieza de mi cara sucia. A no ser que también traigas un espejo.

—No, espejo, no —su voz sonaba gruesa y gutural. Fue todo lo que podía hacer para refrenarse y no lamerle el chocolate con sus propios labios. Pero ella lo había llamado "caballero", así que tenía que portarse bien.

Mojando la punta del pañuelo con su lengua, él le limpió el labio, alargando la tarea, tratando de prolongar el placer de tocarla. Sentía necesidad de gozar lo sedoso y tibio de la piel de ella contra las yemas de sus dedos.

Ella dio un paso hacia atrás y soltó una risita.

—Eso me hace cosquillas. *¡Basta!* —sonriendo, le preguntó—: ¿Qué tal lo dije, *profesor?*

Con el hechizo roto, él dejó caer su mano y puso su pañuelo en el bolsillo.

—*Muy bien,* lo dijiste muy claro.

Meneando la cabeza, él recogió el hilo del talante bromista de ella.

—Pero me acabas de recordar que me he descuidado en mis deberes de maestro. Voy a tener que remediarlo. ¿Qué te parece si te hablo nada más en español por el resto del día, y tú me respondes en español?

—Creo que sería una conversación despareja —le replicó de inmediato, sus ojos azules brillando con una alegría oculta. Mirando al sol otra vez, declaró—: Y me va a dar un horrible dolor de cabeza, sin mencionar la quemada de sol, si nos quedamos parados aquí afuera. —Inclinando su cabeza, volvió a enredar su mirada con la de él—. Vámonos a un lugar fresco. Razono más claramente en el aire fresco.

—No estarás pensando en un casino con aire acondicionado, ¿no? —Él no podía evitar sentirse algo desilusionado. No quería regresar a Las Vegas. Le gustaba estar al aire libre con ella.

—No, conozco un lugar aún mejor —respondió, algo misteriosa. Apañuscando el vaso de cartón junto con la envoltura de celofán, dijo—: Confía en mí, te va a encantar.

Sobre una loma con pasto, Adriana extendió un edredón viejo que guardaba en la valija. Ese día habían visto mucho, en particular, la presa Hoover en el desierto al sur. Luego se dirigieron al norte de Las Vegas, al cañón Lee, un área local para esquiar en el invierno. Era después del mediodía, y ella sólo había comido el pastel de luna. Su estómago le gruñó, recordándole que tenía hambre. Raúl también debería estar hambreado, aunque no se había quejado. Ella había acertado al empacar una comida campestre.

Lo había hecho sin saber a dónde irían ese día. Había tanto que ver alrededor de Las Vegas. La presa Hoover, el lago Mead, el cañón de Piedras Rojas, y el valle del Fuego. Hasta el cañón Bryce y el Gran Cañón estaban más o menos en ese área, aunque más retirados. El primero estaba en Utah y el segundo en Arizona.

Habiendo visitado el desierto y la presa en la mañana, había escogido un lugar más fresco para la tarde, rumbo al cañón Lee, situado en bosque nacional Toiyabe en las montañas Spring. Unas cuantas millas y un cambio en altitud resultaba en una gran diferencia. El aire llevaba un aroma a pino que acariciaba su cara. Era aire fresco, casi frío sobre su piel descubierta.

A esta altura era como si la primavera y el invierno, mano a mano, compitieran por la supremacía. En los llanos, la primavera se insubordinaba y predominaba. Manchones de flores silvestres como muestrarios de brillantes colores, se desparramaban a través de llanuras verdes. Pero abajo de las formaciones rocosas y de árboles altos, el invierno regía. Cúmulos intactos de nieve esparcida, de una blancura resplandeciente, parecían algodón desparramado.

Respirando la belleza del lugar, junto con el aire cristalino, ella se llenó sus pulmones con un suspiro.

—¿Dónde quieres que ponga esto? —preguntó Raúl, al regresar del coche, llegando a ella por detrás sin que ella lo oyera.

—¿Qué? —ella se dio la vuelta. La había sorprendido soñando despierta—. Oh, quieres decir el canasto con la comida. Ponlo sobre el edredón. Apuntando con el brazo, le indicó—: Es lindo, ¿sí?

—Sí, y fresco. Tenías razón —él tiritó—. Casi está demasiado frío. Necesitábamos una muda de ropa para este viaje.

—Estaremos cómodos, hasta que el sol desaparezca detrás de las montañas. Entonces vamos a necesitar la calefacción en el coche. Pero todavía nos quedan varias horas.

Reposándose en el edredón, dio unas palmaditas al espacio al lado de ella.

—*Por favor, siéntate* —giró sus ojos y se rió entre dientes—. Estoy mejorando, *profesor,* ésa fue una oración completa. Al menos eso creo.

Sentado al lado de ella, le respondió:

—*Sí, tu oración fue completa. Muy bien.* ¿No te sientes orgullosa?

—Orgullosa pero también hambrienta. No sé tú, pero yo estoy hambreada.

Él se rió.

—¿El pastel de luna no fue suficiente?

—¿Estás loco? —arqueó sus cejas—. Abre el canasto. Hay una sorpresa para ti.

—¿Para mí? —se puso una mano sobre su corazón. Se inclinó hacia adelante y abrió el canasto lentamente, prolongando el suspenso en son de broma. El agudo aroma a comino se había mezclado con el aroma almizcle de cilantro, y la esencia picante del chile. Explorando el canasto, sacó dos platos de cartón cubiertos con papel de estaño.

—Tengo miedo asomarme —dijo él.

Ella le pegó en un brazo.

—No seas tontito. Y hay dos platos más. Sácalos también.

Siguiendo la orden, él exploró el fondo del canasto y encontró dos platos más, cubiertos en papel de estaño.

—Ábrelos —ella le dijo.

Desenvolviendo el primer plato, él encontró tamales, todavía envueltos en sus hojas. El segundo plato tenía más tamales. Los demás platos contenían arroz y pan dulce, un postre mexicano hecho de pan plano espolvoreado con canela y azúcar.

—También quería traer frijoles, pero pensé que complicaría la comida campestre.

Meneando la cabeza, él murmuró:

—Tamales y pan dulce. Casi no lo creo. Esto es como comida casera.

—Los tamales están hechos a mano —ella aclaró con orgullo—. Me levanté temprano y fui a un almacén local mexicano a comprarlos. Son auténticos. Al menos creo que lo son.

—Todo se mira muy sabroso y huele muy bien. —Tragó, en un esfuerzo por esconder sus emociones que se le acumulaban dentro. Ella había hecho todo eso por él. Como no lo había esperado, tanto esmero le había llegado al corazón—. Gracias, Adriana, esto es...

—Bueno, no es un monumento ni nada así —lo interrumpió, volviéndolo a la realidad—. Es comida y tengo hambre —ella repitió—. Así que sírvela, a menos que quieras que yo tenga esa distinción. —Indicando una bolsa al lado de la canasta, le dijo—: Allí hay platos, tenedores de plástico y servilletas.

Él encontró todo lo necesario y sirvió los tamales y arroz en dos platos de cartón. El pan dulce esperaría hasta después.

—Me olvidé. Hay un enfriador en el asiento trasero —se paró y ofreció—: Voy a traerlo. Tú come.

A pesar de su indicación, él se esperó hasta que ella regresara, quitándole las hojas a los tamales. Ella regresó luego con el enfriador, y volvió a sentarse en el edredón.

Recogió sus piernas debajo de ella y las cruzó al estilo indio. Abrió el enfriador y sacó dos Coronas escarchadas.

Al verlas, Raúl exclamó:

—¿Cómo lo supiste?

—Pregunté en el almacén. Ellos opinaron que si tú eras un mexicoamericano de Texas, ésta era la cerveza que te gustaría.

—Sí, acertaron.

Ella sonrió.

—Me da gusto.

Él encontró el abrebotellas y les quitó los corchos. Después de darle a ella una Corona, él se echó un trago y suspiró.

—Creo que me morí y me fui al cielo.

Alegre, ella le preguntó:

—¿Entonces me salió bien?

—Más que bien. Lo hiciste perfecto. Come, come —él insistió—. Creí que tenías hambre.

Mirando el plato de él, ella le preguntó:

—¿Tengo que quitarle esas cosas arrugadas?

—¿Quieres decir que no sabes?

—Bueno —dijo—, he comido mucha comida mexicana, creciendo en Las Vegas. Pero los tamales estaban en el plato con salsa de chile sobre ellos. Yo no...

—Mira, déjame enseñarte —él interrumpió. Inclinándose, hábilmente deshojó los tamales—. Aquí tienes, lo mismo que en el restaurante mexicano, excepto sin el chile.

—Gracias, no estaba segura.

—Vas muy bien.

Él se echó un medio tamal a su boca, saboreándolo, pensando en su casa. Recordaba a su mamá y a sus tías preparando el relleno y luego moliendo la masa húmeda en la que se pone el relleno.

—Cuando hacían tamales —meneó la cabeza—, es uno de mis primeros recuerdos. Todas las mujeres Escobedo se juntaban en la cocina y preparaban pilas de carne y especias y masa, y mi mamá las dirigía —hizo una pausa y la miró—. ¿Qué platillos cocinaba tu mamá? ¿Qué es lo que recuerdas? —le preguntó entre bocados.

Aun al decir esas palabras, él esperaba no haberse sobrepasado de los límites invisibles entre ellos. La madre de ella había muerto, y sentía que a ella todavía le dolía. Pero se había prometido que la haría hablar para saber quién era ella.

Adriana se limpió la boca con una servilleta, y levantó su mirada hacia la de él. En un momento él le vio angustia cruda en la profundidad de los ojos, y hubiera querido poder retirar su pregunta.

Pero ella lo sorprendió diciendo:

—Mi mamá cocinaba carne de puerco. Era puertorriqueña, y ellos comen puerco, mucho puerco. Chuletas de puerco, filete de lomo de puerco, y puercos enteros en Navidad. Desde luego, siempre había arroz, arroz con azafrán y arroz blanco. Y frijoles o chícharos, *gandules,* como les decía ella. A veces comíamos arroz con pollo. Para ocasiones especiales hacíamos pasteles o empanadas. Son como tus tamales, se rellenan, excepto que los pasteles se envuelven en hojas de plátano y se hierven, y las *empanadas* se revuelcan en harina y se fríen.

Ah —exclamó—, y *tostones* —se lamió los labios—. Son de lo mejor. Están hechos de plátanos rebanados finamente y luego fritos. Pero se hacen con un plátano especial llamado plantaina. Se meten en una salsa de mantequilla con ajo. Son muy sabrosos pero muy engordadores —sus ojos se le llenaron de lágrimas—. Hace años que no como tostones. Desde que mi mamá...

Con su mano, él cubrió la de ella y se la apretó con intención de que ella supiera que él sentía su pérdida. Apreciaba que ella hubiera compartido sus recuerdos, más aún si estos le dolían. Hasta cierto punto, él se arrepentía de haberle preguntado. No había querido revivirle el dolor.

Por el hecho de que él no había perdido a nadie, ni siquiera a sus abuelos, no podía empatizar con ella, y esto lo hacía sentirse torpe. Trató de imaginarse cómo se sentiría bajo circunstancias similares, cuánto tiempo tendría la tristeza tan viva, y si era un tema que debería evitar. Pero al pasar del tiempo, ¿no estaría dispuesto a hablar de aquel ser querido para recordar lo agradable?

—Todo suena muy sabroso, pero es un misterio para mí —trató de aligerar su voz—, tan extranjeros como los platillos chinos que ordenaste la otra noche. Pero me encantaría probarlos. Él le apretó la mano de nuevo para luego soltarla.

—Todavía extrañas mucho a tu mamá, ¿no? ¿Cuándo murió?

Se le ocurrió que si ella hablaba tal vez su dolor menguaría. Aunque normalmente no la hacía de psicólogo amateur, pero había algo acerca de Adriana que provocaba su instinto por querer entender a la mujer que ella era interiormente. Si ella lo permitiera, sería como si él quisiera arrastrarse hasta lograr meterse dentro de la piel de ella. Tenía una necesidad consumidora por entenderla, y a todos sus pensamientos y sentimientos, y a todo lo que ella llevaba en su alma.

Nunca trató de entender a Margarita o a sus otras novias anteriores. Nunca quiso conocerles sus sentimientos más íntimos. Tal vez eso era en lo que él había fallado. Tal vez eso era lo que había faltado.

—¿Es tan obvio? —preguntó—, lo que siento por mi mamá.

Apenas había comido la mitad cuando hizo su plato a un lado, recogió sus piernas, y se las rodeó con sus brazos.

—A veces me pregunto, ¿qué es lo que anda mal conmigo? —de prisa lo miró para verle su reacción. A ella se le enrojeció la cara y retiró su mirada de nuevo—. Tenía apenas trece años cuando ella murió. ¿Se me quitará algún día el pesar? Hace ya doce años. ¿Acaso dura tanto así? El sacerdote me dijo que con el tiempo se me borraría, que se haría más llevadero, pero no ha sido así —meneó su cabeza, y miró hacia la lejanía.

Aunque ella trató de esconderlo, él se dio cuenta que ella estaba llorando. Raúl sintió que sus entrañas se retorcían y que estaba totalmente fuera de su elemento, incierto de lo que debería hacer por ella. ¿Qué impulso perverso lo había llevado a tratar de descubrir los antecedentes de ella? ¿Para conocerla mejor? Si hubiera sabido como la iba a afligir, no habría perseguido ese tema. Como psicólogo amateur era un verdadero fracaso. Pero las palabras de ella lo inquietaban y habían despertado su curiosidad.

¿Qué tanto tiempo duraría el pesar tan vivo? Como él nunca había pasado por eso, no lo sabía. Quizás era diferente en cada persona. ¿Era el dolor profundo de Adriana lo que había suscitado en él sus instintos protectores, y su necesidad de entenderla? Tal vez si la entendiera, podría ayudarla. Pero a lo mejor, no.

De cualquier manera, no estaba en él hacer esto. Por lo general, era desprendido y analítico, pero no había nada de desprendimiento en sus sentimientos por Adriana.

Acercándola a él, se la acurrucó en sus brazos, sin saber qué decir, deseando que su mimo pudiera calmarla. En su esfuerzo por sosegarla, le acarició el pelo, como un padre lo haría para calmar a su niño.

Con un suspiro, se acomodó en él. Ella aceptaba el simple regalo de su mano que la acariciaba. Se arrimó aún más cerca de él, y se relajó. Volteó su cara y la presionó contra el pecho de él. Le abarcó el torso con sus brazos, cerrándolos detrás de la espalda, quedándose abrazada a él.

Al tenerla tan cerca y respirar el aroma a limón de su cabellera, le llegó una ráfaga de deseo. Se sentía endurecer. Pero se aconsejó que esto no se trataba de deseo. En ese momento ella no necesitaba pasión. Lo que necesitaba era consuelo, y que él la tranquilizara diciéndole que nada andaba anormal en ella, que tenía pleno derecho a sentir el dolor y de extrañar a su madre.

Con su voz algo apagada contra el pecho de él, ella dijo:

—Mi padre hizo lo mejor que pudo para criarme. Es un hombre bueno —su voz se quebrantó—. A veces creo que lo he traicionado porque extraño tanto a mi mamá. Es como si no apreciara lo duro que ha trabajado para darnos una buena vida a mí y a mi hermano.

—Dudo que crea eso, Adriana —quería tranquilizarla—. Y no debes de sentirte culpable por extrañar a tu mamá. Es natural, pero eso no quiere decir que por extrañar a tu mamá tú quieres menos a tu papá o que no aprecias lo que ha hecho por ti.

Ella levantó la cabeza y lo miró a los ojos.

—¿De veras crees eso?

—Lo sé.

Desprendiéndose de él, ella se echó hacia atrás en el edredón, guardando algo de distancia entre ellos, a la vez que recogió su plato. Inclinó su cabeza, miró el arroz en el plato y lo empujó con el tenedor.

—Discúlpame por entristecerme. Fui tonta —llevando el tenedor con arroz a su boca, comenzó a masticar despacio.

Lo había hecho otra vez. Se había distanciado de él física y emocionalmente. Y a él le dolía, ya que era como si ella hubiera rechazado su apoyo moral y el consuelo que había querido darle. Se aconsejó que eso no debía afectarle. Dudaba que la intención de ella era de rechazarlo en lo personal. Acostumbrada a ser independiente, probablemente ella se sentía incómoda aceptando su apoyo moral.

Él concluyó que iba a ser algo laborioso tratar de acercarse a ella.

—Debe ser muy grato tener una familia numerosa —observó hábilmente para retirar la atención de ella y ponerla sobre él—. Cuéntame de ellos.

—Sólo si tú me cuentas más de tu familia.

—Bien, es justo. Pero tú hazlo primero.

—Bueno, como ya sabes —dijo con ironía—, tengo un gemelo, Damián. A los veintinueve, somos los mayores de los cinco hijos. Tengo otro hermano unos años menor. Tengo dos hermanas en la secundaria, una está por graduarse. Mis dos padres viven y también mis abuelos. Por esa parte, tengo suerte. Pero eso no lo sabía, hasta que te conocí a ti —se detuvo. No sabía qué tanto más debería de revelarle acerca de él mismo—. Siempre he vivido en San Antonio. No me fui de allá a estudiar a otra parte, ni siquiera para mi doctorado, pues hay muchas escuelas muy buenas en mi ciudad, públicas y privadas. También allá mismo enseño.

Encogiéndose de hombros, dijo:

—¿Cómo va el refrán? "la ausencia encariña", o algo así, pero nunca he tenido causa para probar esa teoría ya que siempre he estado al lado de mi familia. Me da pena admitir que de tanto verlos no los aprecio como debiera. Pero ahora sé que no debería ser así. Tú me has iluminado, Adriana. Me has enseñado a no mirar así a los que nos quieren.

Trató de captarle la mirada para hacerla entender cómo ella le había afectado, que él no había hablado del dolor de ella nada más por hacer plática, y que se había dado cuenta de lo afortunado que era al tener a su familia.

Pero los ojos de ella no lo miraron, más bien lo eludieron, como si ella no hubiera querido reconocer la íntima conexión que se había establecido entre los dos. Volvió su atención a su plato, una vez más, y le echó otra mordida al tamal.

—Tu turno —él le recordó.

Levantando una mano, en petición silenciosa, ella masticaba y tomaba un trago de cerveza.

—No quería hablar con la boca llena —ella explicó.

Él inclinó la cabeza en señal de aprobación.

—Pero no te vas a escapar de esto. Es tu turno de hablar mientras yo como.

—Bueno, aunque no va a ser conversación estimulante —tomó otro trago de cerveza y se limpió la boca con una servilleta—. Mi padre nació en España, pero quería venir a los Estados Unidos y estudiar para doctor. Primero fue a Puerto Rico a la universidad porque la cultura es bilingüe. Pensó que eso lo aclimatizaría a los Estados Unidos.

—Es un hombre listo —comentó Raúl. Con sus estudios de la cultura y de su impacto sobre la gente, al que había sido expuesto la mayor parte de su vida, él reconoció inmediatamente la decisión sabia de su padre.

—Sí, es un hombre muy listo —afirmó algo afligida.

¿Por qué le afligía que su padre fuera un hombre listo? él pensó. Entre más le contaba, más quería saber. Si Raúl hubiera podido, le habría sacado los secretos de su alma. Pero a ella no le hubiera gustado. Se sentía más cómoda guardando cierta distancia emocional. Era algo que él debía respetar e indagar despacio hasta acabar con la distancia. Hasta que él le

inspirara confianza y la hiciera entender lo mucho que ella le importaba.

—Mi padre conoció a mi mamá en Puerto Rico. Allá se casaron, y se fueron a Los Ángeles para que allí él pudiera estudiar medicina. Mi hermano, unos años mayor que yo, nació en Los Ángeles —se detuvo—. Mi padre no llegó a ser doctor —su voz se quebrantó al admitir el fracaso, como que le dolía, igual que cuando habló de la muerte de su mamá.

Él quería preguntarle por qué. ¿Había salido reprobado? No habría sido la primera vez que eso sucediera. Los estudios de medicina son muy exigentes, y doblemente difíciles para alguien que viene de una cultura y lenguaje diferente.

Pero él calló. Antes había forzado el tema y la había hecho llorar. No quería volverlo a hacer. Con Adriana, él estaba aprendiendo. Necesitaba proceder despacio, muy despacio, para que se revelara poco a poco. Desafortunadamente, eso requería mucho tiempo. Un lujo que no tenía, a menos que le dieran la posición en UNLV y que se regresara a vivir allí.

—Mis padres se mudaron a Las Vegas y yo nací —continuó—. A mi papá le dieron trabajo en uno de los casinos. Mi mamá había conocido a mi papá en premedicina, en la universidad. Ella terminó sus estudios de enfermera. Y mi hermano está siguiendo los pasos de mi papá, persiguiendo una carrera en medicina. Está en sus últimas semanas de su residencia oficial.

Levantando la cabeza, terminó.

—Más o menos, eso es todo. Como puedes ver, yo no escogí la carrera de medicina —contorcionó su cara y se rió un poco fuerte—. Debe de ser un gen recesivo en nuestra familia, porque no soporto ver sangre. La administración de negocios me pareció atinado.

Había contado su historia con tanta simpleza que le pareció falsa. Como si ella a propósito hubiera excluido la parte más importante. La parte que descubriría su angustia. Él sabía que la muerte de su mamá le había afectado profundamente, pero él presentía que esa no era toda la angustia, no toda la respuesta. ¿Qué haría a una mujer inteligente y hermosa retroceder del contacto emocional?

—Pero de cierto modo, estás siguiendo el ejemplo de tu papá —le recordó—. ¿Que no dijiste que él está en la administración de negocios?

—Es verdad —dijo—, aunque nunca me lo figuré así. Mi papá ha sido una gran ayuda para mí —agregó—. Él me consiguió el trabajo en Xanadú y negoció las horas para que yo pudiera tener tiempo para estudiar. Hasta contrató a una sirvienta para que yo no tuviera que atender los deberes caseros.

—¿Vives en casa con tu papá? —le preguntó sin tratar de esconder la nota de incredulidad en su voz.

—Eso no es tan extraño. Eso es lo que una buena muchacha latina hace hasta que se casa.

Él meneó su cabeza.

—Somos más progresivos en Texas.

—¿Ah, sí? ¿Y qué me dices de tus dos hermanas? ¿No viven en casa?

Lo había tomado desprevenido, pero debería haber sabido a lo que ella tiraba. Él había tenido en mente a las mujeres con quienes él había salido, incluyendo a Margarita, y cómo ellas tenían sus propios departamentos. Había estado pensando en mujeres más cercanas a su edad, y Adriana definitivamente tenía la edad para tener su propio lugar. Pero ella no quería saber nada de las mujeres con las que él había salido. Ella quería saber de sus hermanas.

—Desde luego que ellas viven en casa —admitió—. Pero no es lo mismo. Todavía están en la escuela secundaria.

Comiendo su arroz, ella parecía que estaba reflejando sobre lo que él le había contestado.

—¿Tus padres les van a permitir que salgan fuera de allí a estudiar?

—Si eso es lo que quieren.

—Si se van, vivirán en dormitorios supervisados, ¿sí?

Suspirando, él pensó en quién estaba interrogando a quién. Hábilmente, ella había volteado el interrogatorio, haciendo que él contestara las preguntas de ella. Mirándole su cara en forma de corazón, no podía evitar admirarla. Era lista. Lista y perspicaz.

—Probablemente por los dos primeros años —él contestó—. Después de eso estoy seguro de que mis padres les van a permitir tener sus propios departamentos.

—¿Es eso lo que tú y tu gemelo hicieron en la universidad?

—Sí.

Amonestándolo con su fino dedo, ella no estuvo de acuerdo.

—No estés tan seguro de que va a ser lo mismo con tus hermanas. Es diferente para los hombres en nuestra cultura. A las mujeres se les protege y se quedan en casa. Eres profesor de sociología con énfasis en la cultura mexicoamericana —le recordó—. Debes saber que tengo razón.

Respirando profundamente, él estuvo de acuerdo.

—Sí, probablemente tienes razón. Conozco a mis padres y sí son muy protectores —sin embargo, él siempre quería aclarar su punto de vista, y siguió hablando nada más por hablar—. Pero yo he conocido a otras mujeres mexicoamericanas que... —por la forma en que ella lo miró, titubeó, y su voz se esfumó.

—No quiero saber de tus conquistas, Raúl —ella

dijo categóricamente, haciendo una mueca con su cara—, es un tema indiscreto, y no para un caballero, ¿entiendes?

Ella le estaba sermoneando otra vez. Él aún recordaba la discordia entre ellos del día anterior, y el sermón no le había caído bien. Nada de bien. ¿Con qué derecho lo hacía? Ella era la hembra más mojigata que él jamás había conocido.

—No te iba a hablar de mis "conquistas". Te iba a dar algunos ejemplos de amigas que...

—Amigas, ¿no? —ella lo interrumpió—. Qué rico. Más bien como amantes con sus propios y privados...

—¡Basta! —era el turno de Raúl de interrumpirla—. Ya me colmaste.

Tirando su plato a un lado, se puso de pie. Metió las manos en los bolsillos de sus shorts y se fue caminando por la ladera cubierta de hierba; quería que se le fuera el disgusto. Después de respirar varias veces profundamente, volteó a verla.

—¿Quién te da el derecho, Adriana? —su voz temblaba, pero no le importaba—. ¿Quién te ha declarado la voz de la moralidad del género humano?

La miraba y quería a la vez sacudirla hasta que los dientes le castañetearan. Sabía que un caballero no respondía así. Y no era algo que él en realidad haría, ni siquiera en sus sueños más desenfrenados. Pero ella lo había ofendido, lo había herido con su moralización haciéndolo sentir como si estuviera en un juicio, otra vez, tratando de defender su entereza una vez más.

Ella abrió su boca para decir algo y volvió a cerrarla, meneando su cabeza. Luego la bajó y empujó sus tamales en el plato, pretendiendo que él no estaba allí.

—Me gustaría conocer a tu papá —él dijo en la tensión del silencio.

Eso la hizo levantar su cabeza.

—¿Por qué?

—¿Él te formó así? Acusadora y moralizante, que pienses lo peor de la gente, y...

—¡Ya basta! —ella gritó.

Él nunca había visto a alguien moverse tan rápidamente. Estuvo ante él antes de que él pudiera terminar lo que estaba diciendo. Adriana elevó sus manos apuñadas en señal de advertencia, y con las uñas largas parecían garras de una gata montesa lista para atacar. Sin pensarlo, él la tomó por las muñecas, y la mantuvo alejada de su cara.

—¿Qué dije? ¿Se asemeja demasiado a la verdad? —sabía que no estaba en él ser así, intencionalmente presionándola con su punto de vista hasta antagonizarla. De cierta manera, ella le sacaba filo, y también lo mejor.

—No hables de mi padre —le dijo con desaprobación.

—¿Por qué no? No has hecho nada más que mancillarme desde que te conocí. Alguien te hizo así, Adriana —después de decirlo, siguió retorciéndole el cuchillo—: ¿Y quién te enseñó a rehuirle a la vida? ¿Quién te enseñó a poner barreras para separarte de los demás?

Ella levantó su cabeza con sus ojos índigos en llamas.

—Estás equivocado, muy equivocado acerca de mí, Raúl. Y ahora eres tú el que está moralizando, diciéndome cómo debo vivir mi vida. No son tus negocios —le dijo enrabiada, retorciéndose y tratando de zafarse.

Pero él estaba furioso y no tenía intención alguna de dejarla escapar y que se distanciara de él de nuevo. *Y pensar que yo había querido tomar las cosas más despacio para ganarme la confianza de ella poco a poco,* recordó con ironía.

—Son mis negocios. Tú me importas, Adriana, ¿que no lo ves?

—No, no lo veo. Si te importara, no me lastimarías —deliberadamente miró a sus muñecas que él le había atrapado. Sus senos subían y bajaban rápidamente—. No te entremeterías en mi vida personal para decirme lo que anda mal conmigo, como si yo tuviera alguna enfermedad.

Ella lo había hecho sentirse como un infame, y él murmuró una maldición entre dientes. La soltó, y retrocedió como si ella hubiera estado ardiendo. Él se dio cuenta de que ella había, una vez más, erguido barreras entre los dos. Si no la podía tener completamente, pensó, si no podía conocerle el alma, entonces se conformaría con lo que ella quisiera darle.

Aunque él había llevado una vida algo resguardada, no era ingenuo, y sabía interpretar las señales que daba una mujer. Desde la manera en que Adriana lo había besado hasta la ropa que había usado en los dos últimos días, y la forma dulce en que ella se le había acurrucado cuando él la confortaba, eran señales claras. Ella quería una aventura amorosa y nada más. Y él podía hacer eso.

Por Dios, él gimió en silencio. Estaba dispuesto a hacerlo. Con todo gusto. Estaba dispuesto a hacer lo que ella quisiera, pero nunca dejaría de tratar de entenderla. Nunca dejaría de tratar de convencerla de lo mucho que ella le importaba.

Cerrando la distancia entre ellos, él la trajo hasta sus brazos, y le apresó su boca con la de él.

Capítulo Seis

Adriana correspondió con placer al beso de Raúl, rindiéndose al calor se sus labios que cubrían los de ella, y a sus brazos fuertes que la rodeaban. Cerrando los ojos, ella saboreó el toque de sus labios sobre los de ella, moldeándose tiernamente y explorando suavemente.

Hacía mucho tiempo desde que ella se había entregado a las caricias de un hombre. Necesidades de mucho tiempo que había sofocado, corrieron por su cuerpo hasta atarantarla. Subió sus brazos y los tiró alrededor del cuello de él, acercándosele aún más, saboreando su fuerza masculina y su cuerpo duro y tibio prensado contra el de ella. Se sintió como una mujer por primera vez en lo que le parecía una eternidad.

Él rompió el beso que había sido demasiado breve, y la miró a los ojos. En las cejas de él se veía un ceño, y una incertidumbre se ocultaba en la profundidad de sus ojos café cacao.

—Dispénsame por el modo en que actué antes —suavemente, él le acarició la cara, desde la frente hasta la barbilla, rodando sus dedos sobre la piel. Ella se estremeció con la caricia—. No sé lo que me pasó —él admitió—. Generalmente no actúo así. Pero tenemos tan poco tiempo, y quería llegar a conocerte. Sé que fui descortés, y yo...

—No —ella lo interrumpió, poniéndole uno de

sus dedos sobre los labios—. No te disculpes, no dijiste nada malo —*excepto acerca de mi papá,* ella pensó.

Él no conocía al padre, y no podía saber nada de los sacrificios que él había hecho, ni a los sueños que había tenido que renunciar por su familia. Por tener los brazos fuertes de Raúl alrededor de ella, por sentir el calor de su pecho prensado contra sus senos, ella estaba más que dispuesta a pasarle por alto el error que había cometido.

—No sé porqué hice una montaña de un grano —ella se encogió de hombros—. Un mal hábito que se me pegó en donde trabajo, creo yo.

En vez de contestar, él le besó el dedo. Luego, con más atrevimiento, le lamió el dedo de un lado al otro. Ondas tenues de calor la bañaron. La mirada de él se clavó en la de ella. El aroma de especias de la loción de afeitarse se mezcló con su olor limpio y masculino.

Atreviéndose aún más, él llevó a su boca el dedo de ella. Luego le chupó cada dedo, uno por uno. Su lengua, como un suave pincel, saltaba entre los dedos, y de uno a uno les fue rozando las tiernas coyunturas. A la vez, ella sentía que sus piernas perdían su fuerza.

Como si los ojos de él hubieran sido una tierna trampa, él no la perdía de vista. El chocolate de sus ojos se oscureció, y las pupilas negras se le dilataron. Ella jadeaba. Cambiando su peso al otro pie, se serpenteaba en los brazos de él. Lo áspero de la lengua de él sobre la piel de su mano era tan sensual que casi quería gritar. Luego comenzó a distanciarse de él, pero desistió, quedándose perfectamente quieta. Cerró los ojos y suspiró.

Él le besó la palma de la mano, y sus labios siguieron besándole el brazo, de trocito en trocito, hasta llegar al hombro desnudo. La besaba, la lamía, y le soplaba ligeramente sobre la piel húmeda. Casi no podía aguantar la sensación exquisita que la llenaba de placer y que la hizo estremecerse. Sintió que su sangre se le encendía y le corría hecha almíbar rápidamente por sus venas.

Con los labios y la lengua, él le rodeó el cuello, formándole brazadas de mariposa, humedeciéndole su carne sensible, y mordisqueándole la oreja. Ella le agarró el hombro con más firmeza, y se entregó a aquel placer tan dulce, sintiendo que en sus senos se abultaba una necesidad, que se entumecían de pasión. Sus pezones se volvieron firmes, y se empujaban con urgencia contra el algodón de su media blusa.

Arrimándosele aún más, se deleitó en la sensación del cuerpo duro y musculoso contra el de ella. Sus pechos bajaban y subían, como atletas cruzando la línea triunfal. Sus corazones latían a tiempo doble, unidos al marcar el ritmo. A pesar del aire fresco de la montaña, ella estaba ligeramente cubierta de sudor, y sentía la contracción de sus músculos íntimos.

Enterrándose en él, sintió la pasión de los dos, y el bulto duro de él, tieso de urgencia en contra de su abdomen. Ella se derritió en su abrazo, con las entrañas que se le derretían.

Tiernamente, él le besuqueó la cara, besándole suavemente los ojos cerrados. Su mejilla se rozaba contra la de él, áspera por la barba. Al saborearlo y volver a sentir su masculinidad, fue para ella como ir a su hogar y descubrir un mundo nuevo al mismo tiempo.

Ella abrió sus labios ante el tierno ataque. Lo bebió y lo recibió embriagada de embeleso. El acoplamiento era tibio, húmedo, obsequioso. Sus labios se amoldaban tan bien como dos piezas de rompecabezas. Con su boca abierta y hambrienta, él le exploró el contorno de su boca, mordisqueándola, restregando su lengua sobre los labios.

Abriendo los ojos, ella volvió a suspirar, y él le

robó ese aliento al tomarlo en su propia boca. Sus labios se quedaron unidos, cálidos y húmedos, fundidos como si hubieran sido una carne.

Un hambre insoportable despertó en ella como algo salvaje que la devoraba, que le exigía. Abrió su boca aún más, y puso su lengua dentro de la boca de él, iniciando el contacto íntimo. Sus uñas se arquearon en los hombros de él, reclamándolo, aludiendo a un hierro herrante, marcándolo para ella.

Él le regresó el hambre, le correspondió con su pasión por ella. Presionó su boca sobre la de ella, más insistente que antes, arqueándola sobre sus brazos. En un dulce asalto, él le metió su lengua en la boca, explorándola, rodeándola, copulando con la lengua de ella.

Sus manos en los brazos de ella eran como prensas de acero, urgiéndola a que se dejara caer sobre el edredón debajo de sus pies. Se dejaron caer en un dulce enredo de piernas, brazos, manos y pies. Pero no perdió tiempo en volverla a aprisionar y a unirse con sus labios.

Acostada al lado de él, sintió el dardo caliente del deseo entre sus muslos. Loca de necesidad, y con gemidos detrás de su garganta, se prensó contra él. Él subió sus manos, rozando la media blusa que revelaba las líneas de los senos. Arqueando su espalda, empujó sus senos contra las palmas de las manos de él. En silencio pedía aún más.

Él respondió a aquella señal silenciosa, cubriendo los senos con sus manos a través de la tela delgada. Las yemas de los dedos de él le rozaron la piel desnuda debajo de los brazos, dejándole un sendero abrasado sobre su piel sensible. Poniendo sus manos debajo de la media blusa, él le acarició los senos desnudos.

Las manos de él, calientes sobre sus senos, la llenaban de placer. Sus músculos femeninos se apretaron y anudaron al sentir el aflujo de su propia lubricación que le mojaba sus pantaletas. Acercándose más, ella abrió sus piernas, y le acopó el contorno de su masculinidad entre las piernas de ella.

Era el turno de él de gemir, profundamente en su garganta. Le encontró el nudo detrás de la media blusa, y lo desató. Ansioso, le quitó las tiras de tela hasta desnudarle los senos. Separando sus labios, se medio volteó para verle el pecho desnudo. Sus ojos, ensanchados, casi se le salían llenos de deseo.

—¡Qué lindos! —murmuró.

Subiendo sus manos le envolvió los senos. Los rozó y los acarició. Ella cerró sus ojos de nuevo, entregándose a la sensación. Aquellas manos la complacían, la desafiaban, y apreciaban la abundancia de sus senos. La punta de sus dedos le encontraron los pezones. Se los tocó como lo hubiera hecho un guitarrista clásico. Le tocó las cuerdas de su deseo como lo hubiera hecho un desenfrenado guitarrista flamenco.

Sintió la boca tibia de él como si estuviera pegada a sus senos. La boca había reemplazado a la yema de los dedos. La sensación de su boca en los senos, le afectó como un cohete que había explotado. Culebreándose, ella le corrió sus manos por el pelo suave y ondulado. A la vez, él le mamaba los senos con voracidad, acariciando las aureolas con la lengua, jalando a los pezones hasta lo más hondo de su boca para mordisquearlos entre sus dientes, lamiéndolos luego para quitarles el dolor dulce.

Adriana se derretía, recostada bajo el sol. Parecía haber perdido su raciocinio, y se había entregado a su loco enredo de sensación de nervios en carne viva que exigían, y a necesidades acaloradas que le latían adentro. Sus caderas se ondulaban, y en silencio pedían más.

Él le entendió esa necesidad. Mientras la acariciaba con sus manos, su boca le adoraba los senos. Encorvando la palma de su mano sobre el manojito de ella, se lo oprimió, y con la punta de los dedos le frotaba el clítoris sobre la tela de los cortos.

De repente, ella ya no estaba en la montaña, y volaba hacia el cielo con las águilas, al infinito, hacia aquella cumbre mágica, hacia aquella promesa radiante.

Desprendiéndose de los senos, él levantó la cabeza y reposó su cara en el cuello de ella, diciéndole:

—Goza de todo el placer, mi amor. Tú me importas, y quiero cuidarte de todo. Por favor, déjame quitarte el dolor y darte placer, mi amorcito.

Esas palabras deberían haberla sosegado, pero no lo lograron. Recordó la conversación que habían tenido y se dio cuenta lo que entregarse significaría. Él no quería cuidarla, él quería poseerla, a toda ella. Quería poseer sus pensamientos además de su cuerpo. Quería extraerle su pasado y tratar de entenderla, quitarle sus defensas y dejarla vulnerable.

Aunque ella no tenía nada en su pasado que tuviera que defender. Pero no quería permitir que ningún hombre se adueñara de su yo oculto. No quería eso nunca, ni mucho menos ahora. Ahora no era la ocasión para eso. Tenía otras metas en la vida, metas más importantes que conducir un asunto que la consumiría. Se había figurado que él no sería estorbo porque venía de entrada por salida, pero le había estropeado esa fantasía con su seriedad y las preguntas insistentes.

Concluyó que no estaba lista para darle lo que él requería.

Sus caderas se apaciguaron, y se desplomó sobre el edredón. Su cuerpo palpitaba de necesidad, le dolía por el deseo, pero no podía continuar. No podía aceptar el regalo que él le daba. No podía dar rienda suelta al deseo. Él quería más que su deseo, y ella no estaba preparada para darle más.

Enroscándose, se desprendió de él. Tomó los tirantes sueltos de su media blusa y de prisa se los amarró detrás de su cuello.

Raúl la dejó ir, y se medio arrodilló, mirándola.

—¿Qué pasa, Adriana? —su voz sonaba áspera, gruesa de emociones inexpresadas, ronca por su pasión acumulada.

—No pasa nada —ella se forzó a reír, fue una risita seca—. Perdimos control, eso es todo —se llevó la mano abierta a sus ojos para darles sombra. Miró en dirección al sol—. Ya se está haciendo tarde. Creo que debemos limpiar y regresarnos.

—Pero yo pensé... —su voz se esfumó. Ella trató de no prestar atención al dolor y confusión que resonaba en la voz de él.

Luego se ocupó de la limpieza, juntando las sobras de la comida, y no sabía qué decirle. No importa lo que dijera, sin duda sonaría dura, pero tenía que intentarlo.

—Simplemente creo que no estoy lista, Raúl, eso es todo. Espero que no me lo reproches pues he pasado un día muy agradable —se volteó a darle la cara, forzándose a verlo directamente a los ojos—. De verdad que gocé el día junto a ti. Por favor no vayas a pensar que no me gustas. Simplemente no estoy...

—No estás lista —le terminó lo que ella iba a decirle—. Entiendo —él recalcó—, o estoy tratando de entenderlo.

Si a él le dolía sólo la mitad de lo que le dolía a ella por no haber satisfecho su deseo pasional, ella lo comprendía. Era todo lo que ella podía hacer para no echársele en sus brazos y demostrarle cuánto lo sentía. No, ella no podía hacerlo. Si lo hiciera, las cosas se empeorarían y le darían a él un mensaje erróneo.

Juntos luego pudieron recoger las cosas del día campestre, y las guardaron en el coche. De regreso a Las Vegas, manejaron hacia la puesta del sol, una sombra del viaje anterior en la mañana. En esas horas, los dos habían estado contentos, ansiosos por ver lo que el día les traería. Ahora, ya el día había terminado, y también lo emocionante. Todo esto se había consumido sólo para que lo reemplazara cierta tristeza, y un vacío que ella temía examinar muy de cerca.

Durante el camino casi no hablaron, excepto para hacer comentarios sobre el panorama que pasaban. Un tópico inofensivo, ella se supuso.

Al estacionarse bajo el cobertizo para vehículos del hotel, ella apagó el motor y le hizo una señal al portero. Por ser una empleada, él le permitió estacionarse por unos minutos frente de la entrada tan traficada. Se volvió hacia Raúl. Inclinándose un poco, lo besó en la mejilla.

—Has de estar cansada y tal vez quieres asearte —su tono de voz era titubeante, incierto—. ¿Qué te parece si después cenamos juntos, tarde?

Ella bajó la cabeza para no poder verle la cara con expresión expectativa, y se disculpó.

—Lo siento, pero no puedo. Me tomé el día hoy porque cambié con otro empleado. Así es que tengo que acostarme temprano para tener doble turno mañana.

—Oh, entonces tampoco puedes mañana.

—Sí, es fácil de adivinarlo —ella dijo quedito. Su corazón se le encogió al decir esas palabras.

No quería herir a este hombre. Le gustaba de verdad. Y ella lo deseaba mucho más que a cualquier otro hombre que jamás había conocido. Quizás ésa era la razón por qué él la asustaba. Pero una mirada a sus ojos café intenso le hizo saber que ésa no era la verdadera razón. Ella no tenía miedo. Sabía que podía controlar sus sentimientos. Pero, ¿podía él? Ése era el verdadero problema. Él quería más de lo que ella estaba dispuesta a darle, era así de simple.

—¿Y el lunes? —él preguntó, quebrantando lo que ella pensaba—. Estoy libre hasta el martes en la mañana, cuando tengo la entrevista principal.

¿Quería ella verlo otra vez? ¿Podía ella verlo de nuevo sin darle esperanzas o sin rendirse a la fiebre que él le encendía? Ella no lo sabía.

Su cuerpo estaba adolorido, y su cabeza le punzaba. Éste no era el momento apropiado para hacer decisiones, no cuando él estaba al lado de ella, no cuando el aroma de él todavía estaba en su piel y en su ropa. No con la gran estocada que era la boca de él, a unos centímetros de ella.

—Creo que el lunes no puedo. Tengo que trabajar y carearme con el profesor que me está ayudando con mi tesis —se detuvo, y se daba cuenta de que era posible que ya no lo volvería a ver—. ¿Te vas a regresar después de la entrevista?

—Probablemente al siguiente día. Ése era el plan.

—Entonces llámame después de tu entrevista. Tienes mi número, y yo voy a estar en mi oficina el martes después del mediodía —impulsivamente, con las palmas de sus manos abiertas, ella le tomó la cara y lo besó en los labios—. Sal y paséate por la ciudad, Raúl. Goza de tu vacación. Y te deseo la mejor suerte en tu entrevista. Llámame y dime cómo te fue. Clavando la mirada en la de él, ella le pidió:

—Prométemelo.

—Te lo prometo —dijo él. Aquella mirada ansiosa, llena de anhelo por ella, se había borrado de su cara. Una máscara de indiferencia la había reemplazado.

Ella concluyó que el rechazo lo había lastimado, y él no quería que ella adivinara sus sentimientos. Ella entendió su silencio discreto. Él se estaba protegiendo para que ella no lo lastimara más. Retiró sus manos de la cara de él, y las dejó caer sobre sus muslos.

Él se volteó y abrió la puerta del coche.

—Hasta el martes.

Desapareció luego, perdiéndose entre la muchedumbre del sábado en la noche.

Raúl vagó por Las Vegas por los siguientes dos días. Recordó haber leído el libro clásico de *Alicia en el país de las maravillas,* cuando estaba todavía en la primaria. El panorama de Las Vegas le recordaba al libro, aunque no había ningún conejo con urgencia de tiempo que lo guiara. En realidad, los casinos se esmeraban por tener el interior a media luz, y sin relojes en las paredes para que los tahúres no se dieran cuenta del transcurso del tiempo.

Pero en ciertos modos, Las Vegas le recordaba al viaje extraño de Alicia. Había muchos sombrereros locos, gusanos pomposos, y muchos más naipes de lo que Alicia pudiera haber soñado. Pero no eran los detalles que le recordaban al cuento, complejo y simple a la vez. Era el impacto del lugar en general, el ambiente surrealista de excesos extravagantes llevados a un extremo.

Un paseo de un extremo al otro por el *Strip* era como hacer un viaje alrededor del mundo. Él visitó a Roma Imperial, los Mares del Sur, la ciudad de Nueva York, el castillo del Rey Arturo, la Gran Pirámide, la Riviera, Venecia y París, todos situados en unas cuantas cuadras. Y eso era sólo para comenzar. Había también circos, carnavales, barcos de río para capitanear, buques de piratas para explorar, palacios chinos para admirar, y más. El campo de acción lo dejaba atónito.

Pero como todo era patéticamente tan plástico, tan artificialmente orquestado, él sentía que si cerraba sus ojos, todo desaparecería con el polvo del desierto. Hasta los animales que en un tiempo habían sido salvajes, actuaban sus partes como por apuntes en este fabuloso drama. Era un mundo de ensueños, como previamente dieho.

¿Cuál es la cita acerca de Hollywood? él pensó. ¿Que Hollywood era "la máquina de sueños del siglo veinte"? Eso pudo haber sido cierto el siglo pasado, pero Las Vegas de seguro saldría adelante como la indisputable ganadora del nuevo siglo. No había otro lugar como ése en la tierra.

Cansado de vagar explorando la ciudad, se acomodó en su habitación para estudiar en sus libros básicos de instrucción y en los videos, la probabilidad de ganar. Porque de eso se trataba Las Vegas, de apuestas. El mundo de ensueños y la fantasía de los lugares de interés eran simplemente un foro para el juego del azar. Eran un marco atractivo para el incesante tintineo de la feria en las máquinas, y para el sonido de las fichas sobre las mesas.

Pensó que había tenido suerte su primera noche en los dados, aunque en esa ocasión él creyó que estaba jugando con astucia. Pero ya no importaba el hecho de que había tenido suerte, porque no tenía más deseos de jugar a los dados otra vez. Lo había hecho para impresionar a Adriana. Si llegara a jugar otra vez, recordaría a Adriana. Y no necesitaba ningún recordatorio.

La veintiuna y el póquer eran los juegos con más probabilidad de ganar. Descartó al póquer porque no sabía si podría disimular si le tocaba una mano mala. Pero la veintiuna le intrigaba. A simple vista, parecía ser un juego sencillo. Pero como todo lo demás, si lo estudiaba a fondo, tenía muchas sutilezas. Había muchas opciones para el jugador: doblar, cortar ciertas cartas en dos manos, guardar o pedir otra carta, depender de la cuenta exacta de puntos en la mano, además de contar los puntos del banquero. Y eso era nada más para comenzar.

Absorbió tanto como pudo de las estrategias básicas, y luego puso sus teorías en práctica. La experiencia no era tan emocionante como la de los dados. Pero tampoco estaba jugando con fichas de 50 dólares. Se limitó a jugar con apuestas de cinco dólares.

Jugando a la veintiuna con apuestas de cinco dólares, ganó un poco y perdió un poco, esencialmente salió parejo. Esto no estaba mal, de acuerdo con la sagacidad profesional de los tahúres que había estudiado, pues los casinos llevaban la de ganar en todos los juegos del azar. Después de todo, alguien tenía que pagar por el suntuoso mundo de ensueños, el fantástico telón de fondo que era Las Vegas.

Se dio cuenta de que era una recreación agradable, no tan sociable como los dados, pero era un pasatiempo. Y si algo tenía era una cantidad de tiempo.

Como un fantasma, Adriana estaba en su mente a cada hora, despierto o dormido. La imagen de su cara en forma de corazón, la manera de caminar, el aroma de limón del perfume, y el timbre de la voz, todo estaba grabado indeleblemente en su memoria. No podía dejar de pensar en ella. Hasta evitaba el hotel tanto como podía para no encontrársela accidentalmente.

Pero todas sus tácticas, el paseo, el juego y su divagación no lograban borrarla de su pensamiento.

¿Cómo pudo haberse prendado de ella tan perdidamente y con tanta rapidez? ¿Podría ser un caso de despecho después de la malquerencia de Margarita? Eso no parecía posible, pues hacía dos años de eso, y desde entonces había salido con otras mujeres. Y ninguna lo había impresionado.

Aún sabía muy poco de Adriana. Ella había compartido con él lo que ella había querido, con cuidado para retener sus barreras emocionales en su lugar. Él había pensado que ella quería tener una aventura con él. Pero cuando él lo había intentado, ella lo había detenido, aunque sus reacciones pasionales habían sido bastante auténticas.

¿Por qué había ella rechazado algo que quería, y luego se había rehusado a verlo por dos días? No tenía sentido. Pero ella tenía sus razones misteriosas por qué era del modo que era, razones que no quería compartir, razones por las que se pelearía antes de revelarlas. Y lo había logrado. Las únicas cosas que él sabía acerca de ella eran superficiales, excepto lo del dolor por la muerte de la mamá.

¿Era ella simplemente una extensión del mundo surrealista de Las Vegas? ¿Quizás un sueño que él había inventado?

Tal vez había sido injusto con Adriana al forjarla como la mujer de sus sueños, esperando demasiado de ella y demasiado rápido. ¿Acaso esperaba conocer a una mujer en unos cuantos días, no importa lo mucho que ella lo atraía? ¿De dónde venían sus sentimientos tan fuertes por Adriana si apenas la conocía? ¿Sería posible que él se hubiera enamorado de ella a primera vista, como lo creen los poetas? ¿Y puede uno amar a una ilusión, o a una persona que uno en realidad no conoce o comprende?

Ya hacía dos días que esas preguntas circundaban en su mente.

* * *

El lunes por la tarde, la secretaria del director lo llamó y le confirmó la entrevista para el siguiente día. Esa tarde cenó una torta en el café y se retiró a su cuarto. Se pasó varias horas repasando sus apuntes para estar bien preparado. Y se acostó temprano para descansar para la entrevista.

Pero no se podía dormir. Su mente no quería sosegarse. Quería quedar bien en la entrevista, y su mente no podía dejarla en paz. La ensayó un sinfín de veces en su cerebro. Y para colmo, el triunfo de la entrevista estaba enredado con sus sentimientos por Adriana. Su éxito en la entrevista debería ser significativo sólo para su trabajo. Pero ahora significaba algo más. Quería la posición para mudarse a Las Vegas y seguir conociéndola.

Al pensar en Adriana, se hacía varias preguntas que habían circulado en su mente por los dos últimos días. ¿Se estaba engañando? ¿Había sido todo tan furiosamente rápido que la había inventado de la manera que él quería que ella fuera, y descartado cómo ella era en realidad? ¿Y si aceptaba el trabajo para estar cerca de ella, se estaba exponiendo a una desilusión y a que le quebraran el corazón otra vez?

No lo sabía. Estaba confundido, y aunque odiaba admitirlo, también se sentía solo. Extrañaba a su familia.

Le dio una ojeada al reloj digital en su mesita de noche y se dio cuenta de que casi era la medianoche. Había estado volteándose y echándose de un lado a otro por dos horas sin conciliar el sueño. Tenía que platicar con alguien acerca de sus frustraciones y dudas. A pesar de sus diferencias, su mejor amigo era su hermano, su mellizo.

Era lunes en la noche, y era muy probable que Damián estuviera en casa, si no andaba de viaje de negocios. Desde luego que en San Antonio eran las dos de la mañana, y si llamaba a su gemelo, lo iba a despertar. Pero eso no debería importarle. Damián era familia.

Sentado en la cama, prendió la lámpara y sacó de su cartera la tarjeta para llamar. Luego entró la llamada y contó los timbrazos, esperando que Damián estuviera en casa y que su máquina no fuera a contestar. Al quinto timbrazo, una voz soñolenta contestó:

—Damián Escobedo.

—Damián, soy Raúl.

Hubo una pausa. Lo soñolento se le fue, y su voz rugió:

—¡Raúl! ¡Cabrón! !Carajo! ¿Sabes qué hora es? —no se esperó a que Raúl respondiera—. Desde luego que lo sabes, pero no te importa un bledo despertarme. Oye, espero que no llamas para decirme que te ganaste un millón de dólares. Me podría importar menos. Si te lo ganaste, pues qué bueno. Diviértete y no lo gastes todo en un sólo lugar. Me voy a volver a dormir.

Raúl no podía evitar sonreírse. Le daba gusto oír la voz de su hermano. Cualquiera hubiera pensado que Damián era un consumado lunático, pero no Raúl. Estaba acostumbrado a la actitud egoísta de su gemelo, y el solo hecho de oír la voz era música para sus oídos.

—Oye, no cuelgues, no seas estúpido. No te llamé para hablar de mis ganancias. Y sí lo sé, tienes razón, sí sé qué hora es allá. Pero necesito hablar contigo.

—¿Tienes que hablar conmigo a esta hora? —su hermano dijo quejumbroso—. Es mejor que de veras tengas algo que decir.

—Se trata de una mujer.

—Es lo mejor que te puede pasar —Damián lo aprobó—. Me da gusto saberlo, hermano. ¿Qué necesitas?

—No sé si puedo encontrar las palabras. Es bastante enredado.

—Trata. Estoy despierto y te escucho.

Respiró profundamente, y le contó a su hermano acerca de Adriana, cómo la conoció, y cómo ella lo desenmascaró. Cuando admitió lo que había pasado, su hermano lo llamó, "estúpido".

Sin prestar atención alguna a los comentarios editoriales de su gemelo, Raúl siguió contándole, tratando de describir sus sentimientos por Adriana y la reacción de ella por él. Hasta trató de explicarle el extraño comportamiento de ella, y la barrera emocional que ella había puesto entre los dos. Damián lo escuchó pacientemente, a veces haciéndole preguntas.

Al terminar, le preguntó a Damián:

—¿Qué crees?

—¿Recuerdas el campamento de veraneo cuando éramos niños?

—Seguro, ¿pero qué tiene que ver eso...?

—¿Recuerdas a Ashley Crawford, la güera con piernas sin fin?

—Desde luego —Raúl comenzaba a exasperarse, no sabía a lo que su hermano quería referirse. No lo había llamado a larga distancia para hacer un recorrido por la avenida de los recuerdos.

—Los dos andábamos tras ella. En realidad, puede ser que ésa fue la última vez que enseñaste buen gusto por una mujer —su hermano bromeaba. Raúl quería interrumpirlo para decirle que fuera al grano, pero Damián no paraba de hablar—. Pero eso no viene al caso. Lo que quería decir es que era campamento de veraneo, y estábamos lejos de casa. Era frívolo y romántico, y sabíamos que probablemente nunca la volveríamos a ver, lo que nos sacaba más emoción —Damián hizo una pausa.

—En otras palabras, era un capricho amoroso, de

vacación. Mira, es una combinación peligrosa, un panorama bonito y una mujer hermosa y misteriosa a la que nunca vas a volver a ver. Más importante aún —agregó— es que ella nunca te volverá a ver. No tienes que preocuparte porque ella va a descubrir que tú eructas después de comer, o que tan sucio está tu departamento, o cualquier otro defecto feo que puedas tener. El perfecto catalizador para el romance, el amor pasajero en una vacación. Basado en lo que me has dicho, hermano, tienes un caso serio de eso.

—¿Así que crees que estoy chiflado por Adriana? —lo que su hermano decía tenía lógica, pero no sabía si había logrado convencerlo. Dentro de él, sus sentimientos le decían lo contrario.

—Seguro que eso es.

—Entonces, ¿por qué no está ella chiflada conmigo?

—Uh, no pretenderás que te conteste —él podía imaginarse a su hermano riéndose al otro lado de la línea telefónica.

—Eso no es lo que quise decir, y tú lo sabes, Damián. Parece que yo le gusto lo suficiente, pero guarda su distancia. ¿Por qué no se entrega al amor pasajero, a la chifladura?

—Porque vive en una ciudad de transeúntes. Está acostumbrada a que los hombres vienen y van, y sabe lo que puede pasar: un amor obsesivo, seguido de una desilusión cuando se van. Es sencillo, ella ha tenido mucha práctica, no como tú.

Raúl sabía que Damián se equivocaba acerca de Adriana. Ella no se citaba mucho. Era una de las cosas que ella había admitido libremente. No lo hacía porque sus clases y trabajo la mantenían muy ocupada. Raúl comenzó a argüir con su hermano, pero desistió. Dudó de que su gemelo lo entendía ya que pensaba que era parte de un amor obsesivo.

—Gracias, Damián —le dijo en vez de argüir—. Gracias por platicar conmigo. Me has ayudado mucho —era una mentirilla, pues apreciaba que su hermano lo hubiera escuchado, aun cuando no lo había entendido—. Siento haberte despertado.

—Yo también. Ojalá me pueda dormir —su gemelo suspiró por el teléfono—. Si no, hay mucho trabajo que hacer. Podría comenzarlo temprano —vaciló antes de agregar—: Déjalos con la baba cáida en la entrevista, si eso es lo que quieres.

Intercambiaron un "adiós" y colgaron.

Su hermano había tratado, pero Damián no había tenido la menor idea. Raúl tendría que averiguárselas solo.

Era el día libre de la criada. Adriana enjuagó el último plato y lo puso en la canasta. Ella estaba de vacaciones de primavera, y se había ofrecido para limpiar después de la cena.

Su papá estaba descansando en su cómoda y amplia silla en la sala, y leía el periódico. *Una tarde típica en casa,* pensó ella, excepto que no tenía que apurarse ni estudiar. Pero de cierto modo extrañaba sus estudios. O tal vez extrañaba que cada hora de su día no estaba llena con algo que debía hacer. Si se mantenía ocupada constantemente, le quedaba poco tiempo para pensar.

Se alcanzó el cuello y se lo frotó, sacudiendo sus hombros para relajarse. Había trabajado largas horas en el hotel, y estaba lista para dejarse caer en la cama a dormir. Pero últimamente no había podido dormirse fácilmente. Y esta noche le pasaba lo mismo, no tenía sueño como para irse a acostar. Todavía le quedaba la mitad de la noche. Tal vez debería irse al gimnasio a hacer ejercicio, así podría usar su energía confinada.

Recargándose contra la orilla del fregadero, cerró los ojos y respiró profundamente varias veces. ¿A quién estaba haciendo tonta? Su energía confinada no tenía nada que ver con su sueño o con la falta del mismo. Recordó una película vieja que había visto por televisión, "Un gato en un techo de lámina caliente". Se sintió tan sexualmente frustrada como la heroína, y era una condición totalmente extraña para ella.

Concluyó que eso era lo que le pasaba. Si no lo era, ¿por qué pensaba en Raúl día y noche? Él le invadía sus pensamientos aun cuando ella estaba trabajando, aun cuando debiera estar ocupada y contenta. Varias veces durante los últimos dos días, se había sorprendido a ella misma con la mirada fija en la pared de su oficina. Haciendo nada, simplemente mirando sin mirar, pensando en Raúl.

Esto era como para volverla *loca*. Al pensar en esa palabra en español, se sonrió. Le recordó a Raúl, y el deber de maestro que él mismo se había asignado para enseñarle español. Apretando el fregadero con más fuerza, abrió sus ojos y meneó la cabeza. Todo le recordaba a Raúl, no sólo las cosas sexuales.

Recordó cómo sus ojos café oscuro se iluminaban cuando él reía, cómo se peinaba con la mano cuando estaba nervioso, cómo él le había acariciado su cara o su cabello para consolarla, y cómo la escuchaba de verdad cuando ella hablaba. Todo eso no tenía nada que ver con el sexo. Sin embargo, no podía sacarse a Raúl de su mente.

¿Acaso quería de Raúl nada más que el sexo? Ni siquiera estaba segura de que eso era lo que quería, sabiendo que él quería más de ella. Por lo menos, eso era irónico. Generalmente, la mujer era la que quería más. El hombre estaba contento con una aventurilla de una noche. Pero no Raúl, no su Raúl.

¿Acaso se estaba enamorando de él?

Se aterrorizó al pensarlo. No estaba lista, ni siquiera se aproximaba a estarlo. Aún no había terminado sus estudios, y después de eso quería encontrar una gran posición y establecerse en su carrera. El amor y el matrimonio tendrían que esperar hasta su debido tiempo, cuando no interfirieran con su carrera.

—Adriana —su padre la llamó desde la sala, ahuyentándole sus pensamientos—. Ven acá, quiero enseñarte algo.

Ella apagó la luz de la cocina y entró a la sala, atendiendo a su llamado. Su papá le mostró la sección de anuncios de empleo en el periódico. Al verlos, ella supo por qué él la llamaba. El estómago se le retorció. No le gustaba argüir con él, porque cuando él se enojaba se le subía la presión de la sangre. Además, ya habían discutido esto muchas veces. Llegando por detrás de la silla, ella le respondió:

—Sí, papá.

—¿Ves esto? —él apuntó a un anuncio de media página anunciando posiciones para capacitar en administración, con grados de maestría—. Aquí hay suficiente trabajo después de que tú termines los estudios. No tienes que mudarte de la ciudad.

Ella sabía que había trabajo en Las Vegas, pero no deseaba quedarse allí por varias razones, y una de ellas era el hecho de que el 90 por ciento de los trabajos eran en administración de casinos. No era una industria indeseable, y a su papá le había ido muy bien en ella. Pero Adriana ya conocía la industria de adentro a afuera, y quería un reto diferente.

Además, si se quedaba en Las Vegas, su papá esperaba que ella se quedara a vivir con él en casa. A ella no le molestaba vivir en casa, pero a veces se sentía sofocada por la presencia imponente de él, y por lo mucho que esperaba de ella. Él era buena persona y ella le tenía cariño, pero no podía vivir con él para siempre. Tenía que independizarse algún día.

Esta noche no era la ocasión para enfrentarse a él. No quería alterarlo con su discordia. De hecho, ella de repente había decidido que necesitaba hablar con él. Y si primero lo alteraba, no podrían hablar.

—Sí, papá, sé que aquí hay empleo. Buenas posiciones —agregó, esperando que se apaciguara.

Cuando él subió la mirada para verla, era obvio que estaba sorprendido por su concesión.

—Bueno, tengo gusto de que al fin estás de acuerdo —se aclaró la voz—. Al menos eso está resuelto. Muy bien. Me siento mejor.

Adriana rechinó los dientes y apuñó sus manos. Era típico de su papá, pensó ella. No había acordado encontrar empleo en Las Vegas, solamente que había empleo. Pero eso no lo previno de llegar a otra conclusión, a la respuesta que él quería oír. Que ella debía quedarse a vivir en casa como toda hija abnegada, y vivir como él quería que ella viviera.

Suspirando, ella se dio cuenta de que se había pasado la vida tratando de complacerlo, pero lo que hacía nunca era suficiente para él. Sabiendo esto, ¿por qué quería ella hablarle de Raúl? Su papá nunca entendería.

No, no entendería, pero podría darle su punto de vista y ayudarle a organizar sus pensamientos embrollados. Conociendo tan bien a su papá, escucharía sus opiniones, pero al fin haría lo que ella quería. Y tenía que hablar con alguien, ella se dijo a sí misma, o se desbarataría en mil pedazos. No tenía ninguna amiga en quién confiar.

Su papá se hallaba otra vez enfocado en el periódico después de haberle expuesto su punto de vista. Desde atrás de la silla de él, ella arrastró un escabel y se sentó frente a los pies de él.

Bajando el periódico unas pulgadas, emparejó su mirada con la de ella.

—Sí, m'ija, ¿quieres decirme algo?

Ya tenía su atención, ella comprendió, y las manos comenzaron a sudarle. ¿Cómo empezaría?

—Conocí a un hombre en Xanadú, y me gusta —dijo inesperadamente, sin saber cómo empezar el tema con tacto.

Él frunció los labios, y arqueó sus cejas gruesas y negras.

—¿Y qué? En tu trabajo conoces a muchos hombres, pero te crié para que tengas cuidado. Y los hombres que te toca conocer no valen la pena, Adriana. Jugadores, mujeriegos, bajos, tú lo sabes. Hemos hablado de eso muchas veces.

—Sí, es cierto. Pero este hombre es diferente. No es tahur —hizo una pausa para organizar sus palabras. No estaba dispuesta a admitir que Raúl se había hecho pasar por un tahur. Era demasiado enredado. Además, su papá lo condenaría sin escuchar el resto.

—Así que no es tahur. Pero debe de ser un turista hospedado en el hotel. Se irá en unos días. También hemos hablado de esto —él agregó enfáticamente.

—Desde luego que él no vive aquí —dijo—. Pero él no es un simple turista. Está aquí por negocios. Él...

—¿"Él"? ¿tiene nombre?

—Desde luego —cuando pensó en Raúl, sintió un calor que le subió hasta su cara. ¿Por qué se estaba sonrojando? No podía sonrojarse o su papá adivinaría sus pensamientos secretos. Rogando para que la media luz le escondiera su reacción, ella siguió—. Sí, desde luego, su nombre es Raúl Escobedo.

—Ah, un latino.

—Es mexicoamericano de Texas.

—No sé mucho de los mexicoamericanos —admitió él—, excepto que son muy pobres y sin educación, y por lo general son obreros.

—Oh, pero Raúl no es así. Es muy bien educado, y de seguro no es obrero —le explicó—. Él es profesor de universidad, y está aquí para entrevistarse con la UNLV para una posición.

—¡Un profesor de universidad! —exclamó, al dejar caer el periódico de sus manos—. Eso es peor que un obrero. Al menos el trabajo del obrero es honrado, y se ganan el pan con el sudor de la frente.

Pasmada por la reacción de su padre, abrió la boca para hablar, para decir algo a favor de Raúl. Antes de que ella pudiera elucidar sus pensamientos, su papá se lo impidió, tiró el periódico a un lado y se levantó. Le ordenó:

—Olvídalo. Es mucho menos que tú, Adriana. —Agitándole un dedo frente a su cara, le advirtió—: Recuerda el dicho: "Los que pueden, construyen, los que no pueden, instruyen". Y recuerda esto también —agregó—, con todo lo que ha aprendido, ese Raúl debería estar avergonzado de sí mismo. Con un sueldo de maestro no va a poder sostener a su familia. Si tan bien educado está, debería estar en una carrera donde pudiera hacer dinero. No de maestro.

Mirándola fijamente, se volvió a aclarar su voz, y meneó su cabeza. Sus facciones se suavizaron, y se inclinó a darle un beso en la frente.

—Hay muchos hombres, Adriana, un gran número que estarían agradecidos de asociarse contigo. Pero eres joven, tienes toda la vida por delante. No pongas la carreta enfrente del caballo. Tu carrera es ante todo —le recordó. Luego, con más suavidad le dijo—: Buenas noches, m'ija, que duermas bien.

Apuñando las manos, sus uñas manicuradas se clavaron en las palmas de sus manos. Debería haber sabido cómo iba a reaccionar su padre. No había logrado nada. Él la había interrumpido antes de que ella empezara a explicarle sus sentimientos y su confusión. Pero eso no debería sorprenderle, pues él nunca le había permitido expresar sus sentimientos. ¿Por qué había sido tan tonta en pensar que esta vez sí se lo permitiría?

Y tampoco estaba de acuerdo con su punto de vista acerca de la profesión de Raúl. Los profesores de universidad no enseñan porque son ineptos. Enseñan porque la vocación los llama, y por tener un deseo de amoldar y guiar a los futuros líderes del país. Hasta ella sabía eso. ¿Cómo podía su padre ser tan ciego y pertinaz? Para ser un hombre tan listo, a veces no entendía nada.

Capítulo Siete

—Oye, ¿qué estás haciendo? —era Raúl al otro lado de la línea.

Una sensación de calor se desparramó por el cuerpo de Adriana al oír su voz. Desde que había llegado al trabajo esa tarde, no había podido concentrarse, en espera de su llamada. Pensando si la llamaría. Tomando en cuenta el modo en que lo había tratado el sábado, a ella no le habría sorprendido si él no la hubiera llamado.

—Óyeme tú. ¿Cómo estás? —logró decir ella.

—No me puedo quejar.

—De veras, qué bueno —hizo una pausa, con deseos de saber si él le mencionaría la entrevista. Pero no podía esperar, no podía contener su emoción—. Bueno, me rindo. Me estoy muriendo de curiosidad. ¿Cómo te fue en la entrevista?

Él se rió.

—Creo que muy bien. Al menos pasé la primera entrevista. Quieren que vuelva en dos semanas para reunirme con el presidente de la universidad.

—Oh, Raúl —dijo emocionada—, ¡qué maravilla!

Y lo dijo con sinceridad, llena de una alegría que le burbujeaba y deleitaba por el éxito. La sensación de compartir felicidad era extraña para ella. No podía recordar haber compartido sus sentimientos con nadie, excepto con su mamá.

—Qué bueno que te da gusto —contestó. Su voz ronca reverberaba en el teléfono, y al oírla Adriana sintió un escalofrío a lo largo de su columna. Cerrando los ojos, deseó poder estar en sus brazos, con sus labios sobre los de él...

—Y hay más —él le interrumpió su fantasía—, el director del departamento de las humanidades quedó bien impresionado con mis credenciales. Me van a considerar para dirigir el departamento multicultural.

—Es una promoción, ¿no?

Él se rió con una risa profunda y gutural.

—Sí, es un gran ascenso. Más aún porque no tengo señoría. Ser director de un departamento está más allá de mis sueños desenfrenados.

—Te lo mereces, Raúl. Tú sabes que te lo mereces —se sentía tan orgullosa de él, orgullosa de conocerlo. Sus ojos se le empañaron.

—Oye, aprecio que lo digas. Tú también eres especial, sabes —el tono de su voz era grueso por la emoción—. Te he extrañado, Adriana.

Secándose los ojos, ella no prestó atención a sus palabras tiernas, y declaró:

—Tenemos que celebrarlo esta noche. Te vas mañana, ¿no?

—Sí.

Ella nunca se hubiera imaginado que una palabra de dos letras pudiera acarrearle tanta tristeza, y tanta pena que la persiguiera. Ella lo había extrañado los dos últimos días, y lo iba a extrañar cuando él se regresara a Texas. Pero no quería pensar en eso por ahora. Tenían esta noche.

—¿Qué te parece esta noche? —ella luego sugirió.

Él se rió de nuevo, y se le fue el tono sombrío.

—Sabes, podría acostumbrarme a esto. Me estás pidiendo una cita. Me gusta. Soy materia dispuesta. ¿Qué quieres hacer? ¿Cena y un show?

—Me suena bien, pero esta vez déjame hacer los arreglos. ¿Sí?

—Seguro —bromeó él—, tú invitaste.

—Te veré en el pasillo a las ocho.

—Estoy contando las horas.

Él no va a ser el único que va a contar las horas, pensó ella.

Se entretuvieron con los cócteles en la barra del pasillo. Era aparente que ninguno de ellos quería que la cita llegara a su final, pensó Raúl. Habían estado muy contentos cenando en un restaurante italiano. También habían ido a ver el *Cirque du Soleil,* un circo estilo europeo.

—Se está haciendo muy noche —dijo él, alargando su mano a través de la mesa para tomarle la mano.

—¿Tienes un vuelo muy temprano?

—No, después del mediodía. Mencioné el tiempo porque estaba preocupado por tu itinerario.

—Mañana tengo día libre, uno de muy pocos. No tengo escuela porque estoy de vacaciones de primavera, y es mi día libre de trabajo.

—Debería haberme quedado un día más —se sonrió y le apretó la mano.

—Me hubiera gustado eso.

—¿De veras? Creí que preferías que me fuera de aquí —él no sabía lo que lo había hecho retarla. Dejando las manos de ella, chasqueó los dedos—, "Hoy presente, mañana ausente".

Recordó lo que su gemelo había dicho de Adriana, pero no quería creerlo. Tal vez Raúl la estaba retando porque quería comprobar que su hermano estaba equivocado.

—No sé qué te dio esa idea, Raúl —se puso algo tensa y entrelazó sus manos, descansándolas sobre la mesa—. He gozado de tu compañía, tú lo sabes. Y estoy mucho más que contenta por lo de tu entrevista. De corazón espero que te den el trabajo.

—¿Para que yo esté aquí todo el tiempo? —él persistió—. ¿Saldríamos juntos si estuviera aquí?

—Desde luego que nos veríamos —balbuceó.

—Pero no mucho. Tú no querrías enredarte conmigo, ¿sí?

Ella retrocedió visiblemente en su silla, parecía que había recibido un golpe.

—No creo que esa es una pregunta justa, Raúl.

—¿Por qué no? A mí me parece justa.

Vacilando, él se pasó la mano por su pelo. Estaba harto del juego del gato y el ratón. Era mejor poner las cartas sobre la mesa.

—Yo jugaba al tipo silencioso, macho, Adriana. Pero así perdí a mi prometida, al no importarme lo que ella pensaba o sentía —tomando una servilleta de papel, metódicamente la hizo trizas—. Nunca hablábamos porque me impacientaba esa clase de conversación —mirándola, él le aclaró —, tú sabes qué clase, acerca de emociones y sentimientos. Así que cuando nuestras relaciones comenzaron a despedazarse, ella no dijo una palabra. Ni una palabra —resoplando, echó las trizas de la servilleta sobre la mesa, y cruzó los brazos sobre su pecho—. No, no tuvo que decirme nada. Comprendí su mensaje cuando me dejó plantado en el altar y se huyó con mi mejor amigo.

Adriana se quedó boquiabierta, pero él no le prestó atención.

—Al menos, yo creía que él era mi mejor amigo —continuó—. Evidentemente, tampoco él podía hablarme —la miró fijamente a los ojos—. Pero eso no me va a pasar otra vez. No voy a perder a alguien que me importa porque no le comuniqué mis sentimientos.

A través de la mesa, ella le ofreció sus dos manos. Él descruzó sus brazos y aceptó la oferta, saboreando la sensación de los dedos finos entrelazados con los suyos. Era obvio que ella quería alentarlo. Y esa noche ella había querido compartir su alegría. Era un comienzo al menos, se dijo él.

Contarle de su rechazo había sido un riesgo calculado de su parte. Eso lo sabía bien. Ella podría haberlo rechazado y verlo insignificante y con lástima. Pero no parecía que ésa había sido su reacción. Explorándole los ojos color índigo, él no vio censura sino calor y preocupación. Sus esperanzas revivieron. Quizás, a pesar de todo, siempre podrían entenderse.

—Cuánto lo siento, Raúl, debe haber sido terrible para ti. ¿Qué tanto hace de eso?

—Dos años, dos años sin fin. Pero no me compadezcas, por favor. No quiero tu compasión. Perder a mi prometida me enseñó una lección inestimable. Nunca más esconderé mis sentimientos —liberándose una mano, se inclinó hacia ella, corriéndole la yema de su índice por la dulce curva de la mejilla—. Por eso es muy importante para mí saber lo que sientes, Adriana. Tú sabes lo que yo siento por ti. Me importas. Quiero verte otra vez.

Hizo una pausa. Su mirada buscaba la cara de ella.

—No es suficiente saber lo que siento. Tengo también que saber lo que tú sientes.

Ella vaciló y retrocedió, liberándose la otra mano. Al ver su reacción, el corazón de Raúl casi se detuvo y su estómago se retorció. Allí tenía su respuesta. No era la que había esperado, pero era una respuesta. Debería sentir un descanso porque al fin lo sabía, pero no era así. Al contrario, se sentía enfermo.

Todo había terminado. Era mejor hacerlo rápido.

—Entiendo —dijo él entre sus dientes apretados—. Déjame pedir la cuenta. —Alzando la mano, le hizo una señal a la mesera de la barra.

—Espera —dijo ella, poniendo una de sus manos sobre el brazo de él—. No me permitiste que te dijera mis sentimientos. Creía que eso era lo que querías saber.

—No tienes que explicarlo, Adriana. Es obvio.

—¿Cómo es obvio?

—Tu cara, tu cuerpo —él dirigió su mirada hacia adelante. No quería argüir o escuchar excusas absurdas. No estaba de humor para eso. Sólo quería terminar y retirarse a su habitación.

—Bien, me da gusto de que seas tan perceptivo, pero creo que deberías permitirme hablar. De otra manera, no crees de verdad en lo que dijiste, que quieres conocer mis sentimientos.

—Habla, anda —él le ordenó—. Siento haberte cortado.

Pero él no lo sentía porque ya no podía soportar más. Se sentía como si se estuviera marchitando por dentro, secándose, con sus esperanzas muriendo poco a poco. La mesera trajo la cuenta y la pagó.

—Tú me importas, Raúl —le dijo—, y me gustaría verte otra vez. Más de eso no te puedo prometer.

Él exhaló. Al fin salía la verdad. Y él se la había pedido. Sería mejor que se la tragara o que se aguantara como un hombre, pensó él.

—Voy a graduarme en unas semanas. Luego quiero encontrar una posición con un buen futuro y concentrarme en mi carrera. Mi carrera está ante todo. Ya habrá tiempo para otras... para... otras cosas después —no podía ni decir las palabras—. Pero mi carrera es ante todo —repitió.

—Ya veo —respondió—. Y esas otras cosas a las que aludes, ¿quieres decir, el amor y el matrimonio?

—*hasta teme decir las condenadas palabras,* pensó, sintiéndose desilusionado.

Sonrojada, ella bajó la cabeza.

—Sí, eso es lo que quiero decir.

Él quería tomarla y sacudirla, sacudir algo de sentido común dentro de ella. Agarrando la mesa con sus dos manos, él se dio cuenta de que ella evocaba esa reacción en él muy seguido. Él podría argüir con ella y tratar de explicarle que amar a alguien era más importante que un centenar de carreras. ¿Pero qué ganaría con eso? Ella tenía derecho a sus sentimientos. Y él dudaba de que sus razones pudieran hacerla cambiar de opinión.

—Vámonos —dijo él, levantándose para ayudarle con la silla.

Lo miró con una especie de ruego dentro de su mirada azul aterciopelado. Pero él endureció su corazón y retiró su mirada, tomándola del brazo y dirigiéndola lejos de la muchedumbre en la sala. Esperaba que ella lo dejara en el pasillo, y se sorprendió cuando ella continuó entrelazada al brazo de él. Cuando llegaron a su banco de elevadores, él suavemente desenlazó su brazo y le ofreció la mano para estrecharla de despedida.

—Ha sido un placer conocerte, Adriana. Te deseo que triunfes y...

No pudo continuar. Haciendo la mano de él a un lado, ella se paró de puntillas y juntó sus labios con los de él. Con un gemido detrás de su garganta, él aceptó la oferta, incapaz de rechazarla. Sus bocas se fundieron, devorándose una a la otra.

El beso se prolongó, tibio y húmedo, mutuamente lleno de hambre. Ella abrió su boca, y él no vaciló en hundirle su lengua.

Él sabía que en ese momento eran un espectáculo. Vagamente oía murmullos y risitas de los huéspedes del hotel, a veces más y a veces menos, yendo y viniendo en los elevadores. Pero no podía detenerse ni desprenderse de ella.

Al fin Adriana rompió el beso, tan abruptamente como lo había iniciado, para murmurar:

—Quiero besarte completamente, en privado, por favor. ¿Podemos ir a tu cuarto?

Tan pronto como Raúl cerró la puerta detrás de ellos, Adriana voló hacia los brazos de él, enredándole los suyos alrededor del cuello, ofreciéndole sus labios otra vez. Ella le había dicho la verdad cuando le dijo que quería besarlo completamente. Y si se besaban, no podían hablar. Ella había decidido que no hablarían más. Ni de sus futuros. Sólo tenía interés en ese momento.

Lo que le interesaba eran sus brazos fuertes y masculinos, su boca tibia y húmeda, y su cuerpo firme y musculoso prensado contra el de ella. Nada más importaba, tampoco todas las palabras del mundo. Raúl respetaba las palabras porque creía que expresaban los sentimientos de la gente, pero las palabras podían ser una trampa también. Podían ser una red fina para atrapar y esclavizar, para robar la libertad, todo eso a cambio de nada.

Ella no sabía de dónde le había venido aquella revelación, o lo que significaba exactamente. Y no le importaba. Todo lo que le importaba en ese momento era Raúl.

Apretó sus dedos alrededor del cuello de él, rozándole las puntas de su cabello sedoso. Su boca y su lengua copuló con la de él en una febril entrega, exigiendo y entregando, deseando más. Deseando estar prendida a él, piel contra piel, carne contra carne.

Con voluntad independiente, sus dedos finos le hallaron los botones a la camisa. Uno por uno los fue desabrochando hasta que un triángulo de su pecho bronceado apareció, espolvoreado con vello negro, rizado. Ligeramente lo rasgó con sus uñas, como herrándolo, deleitándose al palparle el pecho de músculos firmes como una roca, con ondas masculinas.

Gimiendo otra vez, él alzó sus manos de nuevo para acariciarle los senos por encima de la tela delgada de su vestido. Los amoldó a sus manos, y frotó los pezones por encima de la tela. Arqueando su espalda, ella le rogó que siguiera. Sus senos se calentaron por las caricias, inflamándose de necesidad, redondeándose y llenándose, pesados de pasión. Los pezones se le endurecieron y se le entiesaron contra el encaje del sostén.

Él se jaló la camisa hasta desfajársela. Tuvo que romper el beso para desabrocharse los puños, y de sacudida en sacudida se quitó la camisa, que cayó estrujada al piso.

Ella paseó su mirada por el pecho desnudo, absorbiendo la vista de contornos masculinos y músculos abultados. Nada más de verlo hacía que su corazón latiera más rápido y que su sangre le corriera más veloz. Acercándosele más, ella descansó su cabeza contra el pecho desnudo, y le escuchó el latido, fuerte y seguro, como un martillo rápido, vibrando de emoción.

Sus brazos negruzcos por el vello la recibieron gustosos, abrazándola mientras sus labios se iban por la garganta, besándola y mordsiqueándola. La recorrió con su lengua, lamiéndola y acariciándola, prendiéndole fuego a la sangre. Le rodeó la espalda con sus brazos y la desabrochó. Ella sintió una corriente de aire fresco y tiritó. Candentes, luego frías, sensaciones que le llegaban una tras otra, amontonándose dentro de ella, poniéndola en un estado frenético. Sintió como si su cerebro se le apagara y las sensaciones de su cuerpo la dominaran. En ese momento vivía sólo para recibir sensaciones, para sentir las manos de él, el calor de sus besos y la caricia áspera de su lengua.

Sintió también que sus manos errantes andaban debajo de su vestido, explorándola y delineándole sus caderas, detuviéndose en los senos para amasarlos delicadamente. De repente, ella quiso desnudarse con urgencia. Quería las manos de él sobre ella, y que su boca y su lengua la recorrieran. Quería que su lengua vagara por toda ella y descubriera sus secretos y la llevara al éxtasis. Quería que la llevara al borde de una locura resplandeciente.

Desprendiéndose de él, tomó la bastilla de su vestido y se lo quitó por encima de la cabeza. Él jadeó y sus pupilas se le oscurecieron. De pie frente a él, ella se veía regia con sólo su sostén, la pantimedia y los tacones altos.

—Por Dios! —él murmuró, admirándola—, ¡qué belleza! Eres hermosa, muy hermosa y apetecible. Como un sueño, Adriana, como un sueño.

—No soy un sueño —dijo, tratando de provocarlo, acercándosele más—. Tócame, soy real. No voy a desaparecer.

Hizo lo que ella le pedía, tocándole ligeramente su clavícula con la yema de los dedos, y los bultos redondeados de sus senos. Le trazó una línea imaginaria hacia el abdomen, siguió hasta la pantimedia, y luego más abajo. Encorvó la palma de su mano sobre el manojito femenino y la hizo gemir de placer.

La sorprendió al arrodillarse ante ella, y con sus manos le recorrió las piernas, de arriba hacia abajo, de abajo hacia arriba, delineándole el contorno de las pantorrillas, deteniéndose en la parte sensitiva detrás de las rodillas. Subió sus manos de nuevo, pero esta vez entre sus piernas, provocándola, incitándola, circundándola, pero no volvió a tocarle *allí*.

Ahogándose de deseo, ella se ladeó un poco en sus pies. Se los sacudió, y dejó caer sus zapatos. Dobló sus rodillas, y se arqueó al sentir que él la tocaba. Ella ardía de ansias y deseo. Los dedos de él, como magia sobre ella, hicieron que cada punta de sus nervios la hicieran temblar de necesidad. Pero para ella no era suficiente. Quería aún más. Ella misma se alcanzó detrás de su espalda y se desabrochó el sostén, dejando los senos libres.

Él levantó su mirada. Al verla, sus ojos se volvieron como dos pozos líquidos de deseo. Extendiendo una mano hacia arriba, le tomó un seno, y con la otra le jalaba la pantimedia, quitándosela despacito. Acariciándole la carne tiernamente, le dejó un sendero ardiente sobre la piel sensibilizada. La pantimedia cayó al piso, y ella la empujó a un lado con el pie.

Al fin estaba desnuda, totalmente desnuda, entregándose al hombre a quien ella deseaba más que a nada en el mundo.

—No hay palabras, Adriana, no hay palabras que pudiera decir —admitió enronquecido—, excepto que te deseo tanto que me podría morir.

—Haz ese deseo un hecho —apenas pudo decir ella—, por favor, hazme el amor.

Después de esas palabras, él enterró su cara en el triángulo femenino lleno de rizos. Con su boca en la parte más íntima de ella, el deseo relampagueó en ella como una tormenta en el verano, candente y radiante, como truenos y rayos de pasión. Sus rodillas se le aflojaron, y temió que se fuera a desplomar.

Él la sostuvo fuertemente, con un brazo alrededor de las caderas. Le encontró el clítoris, y rozándolo con la lengua, lo puso en su boca tibia, mamándolo delicadamente mientras que su lengua exploraba la parte sensitiva de la labia. Ella sintió derretirse en una febril locura. Luego trató de escaparse al no estar segura de que debería... si ellos deberían... hacer eso.

Levantando la cabeza, él le rogó:

—Déjame hacer esto, Adriana. Por favor, déjame darte placer. Le sujetó las caderas con más fuerza, y con la otra mano le alcanzó un pezón, se lo jaló y le pellizcó la punta endurecida, volviéndola loca.

Ella se arqueó contra él, sin aliento para protestar, sin poder argüir con él o con las exigencias de su cuerpo. Se sintió suavizada por el deseo. Su nariz recibía su propio olor almizcleño. Sus músculos vaginales se contraían, casi le dolían, querían desenfrenarse, rogaban llegar hasta el fin.

La boca y la lengua de él, tibia y mojada, estaban en ella de nuevo, explorándola tiernamente, lamiéndola y acariciándole su esencia femenina, trayéndole un placer resplandeciente, un placer tan luminoso y tan candente que era como si el sol se la hubiera tragado. La quemaba, la hacía arder, le sacaba flamas, la había desenfrenado hasta enloquecerla de necesidad.

Sacudiendo sus caderas contra la boca de él, ella completamente aceptó su regalo, febril de necesidad, ardiente de deseo. El fuego dentro de ella crecía y crecía, su placer tomaba alas, elevándola y llenándola, desparramándose sin cesar.

Hasta que explotó.

Clamando su nombre una y otra vez, estallaba en mil pedazos, en mil gloriosos pedazos tan brillantes como el sol, que llovían suavemente. Flotaban hacia la tierra delicadamente, habiendo tocado el infinito.

Raúl se puso de pie, quedándose al lado de ella, tomándola tiernamente entre sus brazos. Estaba cubierto de triunfo, de triunfo y de una satisfacción intrépida.

Al levantarla en sus brazos, le cubrió la boca con la de él. La llevó a la recámara, con delicadeza la acostó en la cama. Sin perder tiempo, se quitó los zapatos, se deshebilló su cinto, se quitó los pantalones y calzoncillos a la vez, y los calcetines.

Desde donde estaba acostada, él parecía una torre. Lo llamó con sus brazos, mirándole su cuerpo. Se acostó a su lado, y la besó apasionadamente mientras sus manos la exploraban, recorriéndole los contornos de nuevo. Parecía como si él hubiera querido memorizarse cada curva, cada línea.

Su boca se fue vagando hacia abajo hasta apresarle un seno. Se lo mamó tiernamente, queriéndola descifrar, pulgada por pulgada. Ahuecó su mano sobre el manojito de ella, acariciándolo suavemente, rozándolo ligeramente, incitando su deseo, haciéndolo despertar con quietud. Poco a poco, sus manos y su boca anduvieron por toda ella, encendiendo sus pasiones de nuevo.

También ella estaba haciendo su propia y tierna exploración, recorriéndole su pecho y sus asentaderas con la mano, trazándole líneas sin forma en sus muslos. Cuando ella cerró su mano alrededor del pene, él se llenó de un placer voraz, de un éxtasis casi doloroso que no podía contener.

Gimió contra la garganta de ella, suave como un pétalo. Su latido se aceleró, y su respiración se agitó. Los dedos de ella se cerraron sobre él, frotándolo de arriba a abajo. La fricción casi lo hizo perder su autodominio. Sentía que temblaba, tratando de dominarse. Tanto quería entrar en ella, que la necesidad llenó su mente y sus sentidos.

Y cuando las manos de ella le aprisionaron los testículos, él se puso rígido de deseo, endureciéndose más y retorciéndose contra la mano de ella. Gimiendo, admitió:

—Ya casi no puedo aguantar.

—Entonces no te aguantes. Estoy lista — reveló.

Él no sabía si debía creerle, pero ya no podía esperarse.

—¿Estás preparado a proteger... —ella comenzó a decir.

—Guárdate ese pensamiento —le contestó sonriendo. Inclinándose, levantó sus pantalones, sacando de su cartera un sobrecito de papel de estaño. Le dio la espalda y se preparó.

Se puso en posición sobre ella, apresándole su boca con la de él. Su muslo le tocó ligeramente la rodilla, y ella se abrió para recibirlo. Con un toque rápido entró en ella.

Y estaba lista. Candente, mojada y dulce, tan dulce que él quería gritar de su loco placer con ella. Sus músculos vaginales se contrajeron en torno a él, casi haciéndolo explotar. Él ya casi no podía resistir, pero no quería recibir sin dar. Puso su mano entre los dos cuerpos, y le acarició el nudo del clítoris. Ella dio un gemido de deleite contra el pecho de él, y elevando sus caderas, subió sus piernas y lo apresó, entrelazándolas alrededor de él. Desde lo hondo de su garganta, él dio un gemido y empezó el rítmico y sensual movimiento, tan antiguo como el mismo tiempo. Ella le igualó el ritmo al moverse con él, a empuje contra empuje.

El cuarto y la cama se alejaron, simples fantasmas, plumas de humo. No existía nada más en el mundo, sólo los dos unidos íntimamente. Sus cuerpos se daban placer uno al otro. Con más fuerza aún, él se fue más adentro, quería que fueran uno, una sola carne.

Cohetes explotaron dentro de su cabeza, desparramando en él senderos de fuego derretido por su columna. Estallidos extáticos de fuego blanco rebotaban por su cuerpo, haciéndolo estremecer de alivio. En el mismo momento, sintió el clímax de ella, intensificando la felicidad compartida, haciéndolos uno, como lo había querido.

Recibió gustosa el peso torpe relajado de él cuando se le acurrucó en su cuello. Sudorosos, permanecieron entrelazados, piel contra piel, con el aroma almizcleña por la pasión gastada que los rodeaba. Sus cuerpos juntos, llenos de ternura mutua.

Para Raúl, éste era el momento más dulce, con ella acurrucada en sus brazos, habiendo compartido lo que habían compartido. Cerrando sus ojos, saboreó el momento, deseando que durara para siempre.

Al despertar, Raúl se dio cuenta de que había estado durmiendo. Adriana estaba bien dormida, todavía acurrucada en sus brazos. Cuidadosamente, como para no despertarla, se medio dobló hacia atrás para ver el reloj digital al lado de la cama. Eran pasadas de las tres en la madrugada. Ella había dicho que mañana le tocaba día libre, y él deseó que ella pudiera pasarlo con él.

A él se le ocurrió en su fantasía que podrían levantarse tarde, bañarse y enjabonarse uno al otro, y hacerse el amor despacio y sensualmente. Nada más de imaginárselo se comenzó a endurecer de nuevo.

Pero meneó la cabeza, pues sabía que no iba a ser así. Adriana vivía en casa con su padre.

Teniéndola en sus brazos, le alcanzó un rizo castaño rojizo sobre la mejilla y se lo retiró. Ella se movió un poco y musitó algo ininteligible.

—Adriana —le murmuró al oído—, es tiempo de despertar, bella durmiente.

Sorprendida, se puso tensa. Abrió sus ojos, y él se deleitó con aquellos pozos azul violeta. La realidad se le registró en sus ojos azules, y jaló la sábana para envolverla sobre su cuerpo desnudo.

Él le tomó una mano, tratando de calmarla, pero ella se cubrió con la sábana.

Ella le dio las gracias al retroceder en la cama, creando distancia entre ellos.

¿Andaban así las cosas?

La mirada de ella voló al reloj al lado de la cama.

—Es muy tarde —su voz era trémula.

—Por eso te desperté —inclinándose hacia adelante, le plantó un beso en la nariz. Pero ella lo hizo a un lado y de prisa se puso de pie, arrastrando la sábana, tratando de cubrirse—. Tengo que vestirme para irme a casa. Espero que mi papá no haya llamado a la policía ya —murmuró entre dientes.

—Desde luego, espero que no —la miró y le notó cómo sus ojos azules se le abrían con la involuntaria dilatación de sus pupilas al verlo desnudo. Después de todo, ella era la que había jalado la sábana de la cama. Presintiendo su incomodidad, él trató de bromear con ella:

—Aunque no me incomodaría si me obligaran a casarme contigo, si eso se decidiera.

—¿Si qué? —dijo ella, levantando su cabeza—. ¿De qué estás hablando?

Levantando sus brazos, puso las palmas de sus manos hacia arriba.

—Oye, no quise decir nada importuno. Fue nada más una broma.

—No tengo tiempo para bromas —dijo fastidiada.

Se había enredado la sábana, al estilo toga, y andaba frenética buscando su ropa tirada en el piso, aquí y allá. Cuando la encontró se dirigió al baño sin decir otra palabra.

Él cruzó los brazos detrás de su cabeza, se acomodó contra una almohada, y suspiró. Así andaban las cosas, nada había cambiado entre ellos. A pesar de compartir su pasión, de nada había servido, él pensó con amargura. Inútil había sido su esperanza de que la intimidad entre los dos la hubiera hecho ver que se necesitaban. De que uno significaba mucho para el otro.

Él se rió con aspereza. Basándose en la manera que Adriana había actuado, él sólo significaba para ella un buen macho en la cama. Y ella hasta parecía avergonzada de su intimidad, aunque no podía entender porqué. Si él era un buen juez de mujeres, ella lo había deseado tanto como él la había deseado a ella.

Tal vez su hermano había tenido razón. Tal vez esto era un simple capricho amoroso, un buen rato en la cama para mitigar la mutua tensión sexual.

Tal vez eso era para ella.

Pero no para él.

Capítulo Ocho

Al levantar su cabeza, Raúl se quitó los lentes y se restregó los ojos. Echó un vistazo hacia afuera y se sorprendió de que ya había oscurecido. Era la primavera, pero todavía los días eran cortos. *Y las noches son largas,* él terminó el corolario, hundiendo su cara entre sus manos.

Demasiado largas. Eternas, sin Adriana.

Afuera, nada había cambiado. Se había regresado a su mundo en San Antonio. Iba a la escuela, enseñaba, calificaba papeles. El trabajo era lo único que lo hacía perderse a sí mismo para olvidar cómo la extrañaba. Hoy, después de sus horas regulares, se había encerrado en su cubículo para calificar exámenes de sus estudiantes. Y había logrado olvidar, por unas horas, inconsciente del tiempo que había pasado, sin darse cuenta que ya atardecía.

Desafortunadamente, tan pronto como dejó de trabajar, sus pensamientos inevitablemente volaron hacia ella. Deseaba saber qué estaba haciendo, y cómo le iba en la escuela. Se preocupaba porque tahúres podrían faltarle al respeto. Meneó su cabeza y se dijo que eso ya no debía preocuparle.

Inclinándose hacia adelante, tomó su celular y se lo llevó a la oreja. No necesitaba buscar el número. Lo sabía de memoria. Había querido llamarla un millón de veces durante las últimas dos semanas, pero no lo había hecho. Era un cobarde, supuso, al no querer arriesgarse a un rechazo.

Exasperado con sí mismo, marcó el número de larga distancia, pero antes de que sonara colgó, diciéndose que era muy tarde para llamarla al trabajo, aunque en Las Vegas era dos horas más temprano.

Sintió una desolación amarga al pensar qué tan ridículo había quedado. Sólo tenía el número de ella en el trabajo, pero no el de su casa. No le había confiado tanto como para dárselo.

Suspiró y puso el teléfono en el bolsillo de su saco, recogió los papeles, y los depositó en su portafolio. Tal vez iría a la casa de sus padres o al departamento de Damián. Necesitaba ver gente, gente que lo apreciaba. Había que hacer cualquier cosa con tal de olvidar a Adriana, cualquier cosa para olvidarse de que a ella él no le importaba.

El celular de Adriana sonó y ella lo tomó luego. Por un segundo se llenó de esperanzas, hasta que oyó la voz en la línea. Era el señor Bennett, su jefe, pidiéndole que encontrara boletos para una "ballena" y su esposa para ver el show de Wayne Newton, aunque su jefe sabía que ya no había boletos.

Tratando de recordar quién le debía favores, ella le aseguró que encontraría boletos. Apagó el celular y lo puso sobre el escritorio, mirándolo fijamente.

Una voz interna le decía que debía ponerse a trabajar, en vez de permanecer sentada como una muerta en vida, con su mirada fija en el teléfono. No tenía muchas esperanzas de encontrar boletos a tan última hora. Pero su jefe esperaba un milagro. Como una buceadora nadando debajo del agua, forzó sus brazos contra el peso invisible y los empujó. Sus dedos encontraron el teclado, pero de terquedad no se movían.

Concluyó que su trabajo ya no era un reto. Realmente, era el peor aburrimiento, y evitaba atender a los tahúres, intercambiando esas tareas con sus compañeras de trabajo. No quería que nada le recordara aquella noche fatal que conoció a Raúl, y cómo ella había sabido desde un principio que él era diferente a los otros. No quería recordar cómo de inmediato se había sentido atraída por él.

Tenía gusto de que ya casi era el fin del término escolar. Luego planeaba concentrarse en la búsqueda de una buena posición para irse de su ciudad esplendorosa. Por medio de la oficina de reclutamiento de la universidad, ya tenía en su agenda varias entrevistas con compañías en varios lugares, incluso Nueva York. Debería estar emocionada con su futuro, pero algo no la dejaba entusiasmarse.

Cansancio, era todo lo que sentía. Trató de convencerse de que ése era el problema. Había estado trabajando muy duro. Estaba cansada. Eso era todo.

Recostó su cabeza sobre el escritorio y cerró los ojos. Pero una pregunta no se le iba de su mente: ¿Por qué no llama?

Raúl andaba delante de la ventana panorámica de sus padres, observando el agasajo en el patio. Era cumpleaños de su sobrina, y la familia gustosa estaba celebrando la ocasión.

Mucha comida condimentada y un gran pastel esperaban en la mesa de madera de secoya. Los enfriadores estaban llenos de bebidas refrescantes, y había cervezas en la plataforma. Linternas de papel y cordones de papel picado colgaban por arriba del toldo. De los árboles colgaban no una sino dos piñatas.

Los niños, junto con la del cumpleaños, gritaban y se serpenteaban en líneas, impacientes por pegarle a las piñatas con el palo para que les llovieran dulces.

Él terminó riéndose al ver a los niños, intentando frenéticamente romper las creaciones de papel maché. De repente, tuvo gusto de estar allí. Últimamente, al pensar en Adriana había estado guardando demasiado dentro de él. Y el pensar o desear no iba a cambiar nada.

En dos días volvería a Las Vegas para su entrevista, y todavía no la había llamado. Encogiéndose, se llevó una Corona a sus labios, y se tragó la bebida que sabía un poco a levadura. Al mirar la marca, decidió que le hubiera gustado más una Carta Blanca porque la Corona le recordaba a Adriana.

De repente, una de las piñatas se quebró, soltando dulces y trocitos de cartón piedra. Los niños se dejaron caer a recoger los dulces, cayendo en una pila de piernas y brazos que se sacudían. Los adultos se esforzaron por restaurar el orden y para que a todos les tocaran dulces, pero era inútil. Los niños eran más numerosos y más ágiles que los adultos.

Damián y su más reciente novia, una rubia piernilarga con el extravagante nombre de *Chartres,* fueron descubiertos detrás de unos árboles por los niños que correteaban. Una mirada fue todo lo que necesitó Raúl para comprender lo que habían estado haciendo detrás de los árboles. Como la mitad de la pintura de labios de Chartres se extendía en una mancha sobre su barbilla, y la otra mitad estaba embadurnada en la boca de Damián.

Riendo en medio de las travesuras de los niños, se cogieron de la mano. Damián comprendió lo que pasaba, y con una orilla de su camisa que se desfajó, se limpió la boca. Luego mojó otra orilla con su lengua y le limpió la cara a ella.

Al mirarlos, Raúl sintió una punzada de una angustia recrudecida como un golpe en su estómago, que lo dejaba fuera de combate. El dolor le robó su aliento, y sintió que sus tripas se le retorcían. Sus sienes le pulsaban, y apretó los dientes para contener su dolor.

Cuando vio a su hermano limpiarle la pintura a Chartres, Raúl recordó vívidamente cuando él le limpió el chocolate a la cara de Adriana. Le dolió al recordarlo.

Ya no podía más. Era mejor que ella lo rechazara a que él se consumiera en un purgatorio que él mismo se había forjado.

Cuando ella oyó la voz de Raúl, Adriana casi dejó caer su celular. Casi no lo podía creer. ¿Cuál era el equivalente de parpadear y luego abrir los ojos de nuevo, pero con los oídos? Ya casi había perdido las esperanzas, creyendo que ya no iba a llamar más.

—Adriana, ¿estás allí? —él preguntó.

—Seguro, que estoy aquí, Raúl. Tengo gusto oírte —lo había dicho con sinceridad, con toda sinceridad.

—¿Cómo está la temperatura?

—Ya se está sintiendo el calor.

Estaba asombrada al darse cuenta que temblaba de la emoción que casi no podía contener. ¿Por qué estaban hablando de la temperatura? No eran precisamente extraños.

Él se aclaró la voz, sonido que a ella le recordaba del manerismo de su papá.

—Voy a estar allá en dos días para mi entrevista —le dijo.

—Qué bueno, te deseo mucha suerte.

—Me gustaría verte, Adriana. ¿Tienes algo de tiempo libre?

Ah, la pregunta que ella había deseado y temido al mismo tiempo. Después de la última noche que habían estado juntos, ella se había sentido avergonzada. Avergonzada y asustada, se sentía como si se hubiera metido en una situación que no podía resolver. Se había tranquilizado al saber que él se iría pronto, pensando que la distancia resolvería la situación.

Pero no había sido así. Como una cachorra huérfana esperando encontrar madriguera, con la nariz contra la vidriera de la ventana, prácticamente había dormido con su teléfono celular, impaciente, esperando que él la llamara. Había descuidado su trabajo y sus estudios. Se le había dificultado dormir y comer.

Ella no debería verlo de nuevo, y sin embargo no podía imaginarse dejar de verlo.

—Sí, me gustaría verte. Tengo libre la noche del jueves. ¿Qué te parece?

—Perfecto. Mi entrevista es el jueves por la mañana. ¿Qué te gustaría hacer?

Devorar tu cuerpo y pasarme toda la noche en la cama contigo, esa idea llegó a su mente. Y se sorprendió tan sólo de pensarlo. Nunca antes había sido así. ¿Qué le pasaba?

Se le vino una ráfaga de inspiración, la solución perfecta.

—Quiero que vengas a cenar a la casa y conozcas a mi papá. ¿Te parece bien?

—Claro que sí —había una nota de cautela en su voz—. Será un honor para mí conocer a tu papá. Y siempre hago el esfuerzo de no rechazar una cena en casa.

—Me da gusto que aceptes. Quizás cocine algo puertorriqueño para ti. Ella recordó la ocasión al lado de la montaña, y cómo él con gentileza había insistido para que hablara de su prosapia. Al recordarlo, se dio cuenta de que nunca antes se había sentido tan estimada.

—¿Te vas a hospedar en el Xanadú? —le preguntó.

—¿En qué otra parte?

Ella se rió.

—Hasta entonces.

Después de apagar el celular se puso a pensar qué la había impulsado a invitarlo a cenar. ¿Qué estaba ella tratando de comprobar ... o evitar? ¿De estar a solas con él? Pero eso era ridículo. Si ella le temía tanto, debería haberse negado a verlo.

¿O era la motivación de ella mucho más sutil y con una segunda intención? Ella sabía que su padre no aprobaba de la profesión de Raúl, y que a veces su padre podía ser odiosamente rudo. ¿Estaba usando a su padre, a la vez, como una pantalla blindada y una figura clasificadora? ¿Esperaba ella que su padre hiciera lo que para ella era desagradable hacer? ¿Acaso ella esperaba que él le ahuyentara a Raúl para siempre?

Cubriéndose la cara con sus manos, respiró profundamente y se deshizo de sus feos pensamientos. No le gustaba pensar que ella era capaz de hacer algo así, usar a su padre para que resolviera sus problemas, sin importarle que de paso hiriera los sentimientos de Raúl.

Todo era tan confuso, el modo en que se sentía acerca de Raúl. Nunca antes había sentido algo así por nadie. Y tampoco estaba lista para esto. Tenía la vida por delante, y necesitaba tiempo para establecerse en su carrera.

Pensó que tal vez quería nada más la bendición de su padre, y algunas palabras alentadoras de que podía tener las dos a la vez, a su carrera y a Raúl.

Quizás quería que su padre viera que Raúl era especial.

Deseaba saber lo que en realidad ella quería.

—Tráele al señor Escobedo más tostones, Adriana —Miguel de Los Santos llamó a su hija, que estaba en la cocina—. Ya devoró los que le diste y parece que quiere más.

Raúl asintió con la cabeza y sonrió, no quería hablar con su boca llena. Los tostones estuvieron deliciosos, especialmente mojados en la salsa de mantequilla con ajo que Adriana había preparado. En realidad, toda la cena había estado excelente. Comieron una ensalada adornada con trozos de aguacate, chuletas de puerco, arroz con azafrán, frijoles negros, y plátanos fritos, llamados tostones.

—Dile a Raúl que guarde campo para el arroz con dulce —dijo Adriana desde la cocina.

—Budín de arroz —murmuró Miguel en voz baja y en tono añorante—, una especialidad de mi difunta esposa. Hace años que no lo como.

—Me imagino que Adriana no tiene mucho tiempo de cocinar por sus estudios y el trabajo — Raúl comentó después de limpiarse la boca con la servilleta de lino almidonada.

Su papá volteó a verlo, sus ojos azul gris estaban empañados. Raúl se fijó que Miguel de Los Santos era un hombre guapo. El señor no era alto, pero sí se paraba erecto, con un porte que lo hacía verse más alto de lo que era. Sus facciones eran atractivas, y su cabello gris plateado sobre sus sienes le daba un aire de dignidad.

Raúl podía ver que Adriana se parecía a su papá. Deseaba que hubiera conocido a su mamá también. Antes de la cena, ella le había enseñado con orgullo fotografías de su mamá. Carmen de Los Santos había sido bonita. Con dos padres tan atractivos era fácil entender por qué Adriana era una belleza.

Una vez más él pensó que Adriana había perdido a su madre cuando era una jovencita, y sintió el impacto de compasión por ella.

—No —respondió Miguel—, Adriana no cocina mucho. La mayor parte del tiempo lo hace Marta, la cocinera.

Miguel se enderezó. Su vista empañada había desaparecido para ser reemplazada por una expresión rígida que Raúl comenzaba a reconocer.

—Pero Adriana quería que esta noche fuera especial, me lo mencionó. Quería cocinarte algunos de los platillos de su mamá —se aclaró la voz, y miró a Raúl con una mirada intensa—, aunque no entiendo por qué.

—Probablemente porque una vez comparamos notas acerca de la cocina de nuestras madres. Yo le hablé de la cocina mexicana, y ella me habló acerca de platillos puertorriqueños.

—¿De qué están ustedes dos hablando? —interrumpió Adriana, que había aparecido de súbito. Venía de la cocina con una charola llena de postres y tazas para el café.

Raúl puso su servilleta a un lado, y se paró para ayudarla.

—Mira, déjame ayudarte.

—Está bien, ya la traigo —dijo ella, poniendo la charola en un extremo de la mesa—. Aunque necesito traer la cafetera. Ya vuelvo.

Su mirada le siguió el suave vaivén de las caderas debajo del vestido sobrio de algodón que traía puesto esa noche. Por su mente cruzaron imágenes instantáneas del cuerpo de ella, reluciente por el sudor. Esto le causó un aflujo de calor que le secó la boca.

Se volvió a sentar, y tomando traguitos de agua, preguntó:

—¿De qué estábamos hablando?

—De tonterías —respondió Miguel—, de la cocina y cosas por el estilo —aclarándose la voz otra vez, bruscamente cambió el hilo de la conversación—. Me agrada pensar que soy un hombre moderno, señor Escobedo.

—Por favor, llámeme Raúl.

El señor inclinó la cabeza y dijo:

—Entonces debes de llamarme Miguel. No quiero tanta ceremonia porque, como estaba diciendo, me agrada pensar que soy un hombre moderno. El lugar de las mujeres ya no es la cocina o en el cuarto de niños, ¿sabes? Tienen un papel más amplio en el mundo de hoy. Sus carreras son tan importantes como las de los hombres. ¿No estás de acuerdo? —no esperó la respuesta—. Crié a mi hija para que confíe en sus habilidades y persiga sus ambiciones. Y tengo toda razón para pensar que me va a enorgullecer.

Un escalofrío recorrió la columna de Raúl al oír la declaración del padre. Era allí donde todo había comenzado, con el padre. Había criado a Adriana para adorar su carrera por encima de todo en su vida. Era un mensaje poderoso, enunciado por el padre sobreviviente. Pero Raúl no estaba de acuerdo con el padre, una carrera no lo era todo.

A simple vista, la posición de Miguel sonaba moderna y de razonamiento progresivo. Y era una posición de muy pocos padres latinos, inclusive en tiempos modernos. Raúl había observado a su madre y a otras mujeres esforzándose para equilibrar el empleo y la familia. Y su madre había tenido la ventaja de trabajar al lado de su esposo en el negocio familiar.

Hasta un académico estancado como él estaba

enterado del precio del triunfo en el mundo corporativo. Triunfar quería decir invertir muchas horas y relegar la vida personal a una posición secundaria. Su hermano gemelo era un ejemplo genuino de eso. Era una de las cosas del mundo corporativo que menos le gustaba a Raúl, especialmente para las mujeres. Era como si tuvieran que escoger entre criar familia y un triunfo limitado, o un gran triunfo sin criar familia. Sabía que algunas mujeres trataban de tenerlo todo, pero era un acto de equilibrio.

Su padre esperaba que ella triunfara en el mundo de los negocios. Y Adriana estaba determinada a complacerlo y enorgullecerlo. ¿Pero a qué precio?

Habiéndose enterado de todo esto, Raúl comprendió por qué Adriana creaba y mantenía barreras emocionales. Ella le había dicho que para ella su carrera estaba antes que todo, pero él no había entendido totalmente lo que había querido decirle. Ahora sí lo comprendía. Ésa realidad se le hacía amarga, muy amarga.

Estaba perdido en sus pensamientos cuando Adriana lo sorprendió al poner frente a él un plato de budín y una taza de café. Ella le dijo de broma:

—Es la tierra llamando a Raúl. ¿Quieres café?

—Por favor —respondió con una sonrisa. Luego volvió su atención al padre. Raúl quería decirle lo que él pensaba, pero sin discutir.

Optando por la respuesta más diplomática que se le ocurrió, Raúl le contestó:

—Estoy de acuerdo con usted, señor, las mujeres tienen derecho a sus propias carreras. Mi madre trabajó al lado de mi padre para establecer una cadena de restaurantes.

—Ah, tus padres son empresarios. Mis felicitaciones a ellos. Le tengo un gran respeto a la gente que comienza y maneja sus propios negocios. Ése es el sueño americano, ¿no es así?

—Sí, gracias. Pero mi mamá tuvo suerte —agregó Raúl sin poder evitarlo, aunque se había prometido no discutir con el señor—, trabajando en su propio negocio le dio la flexibilidad de criar a su familia.

—¿Flexibilidad? ¿Por qué necesitaba flexibilidad tu mamá? —le preguntó Miguel con osadía—, una casa bien administrada se administra sola, especialmente si la ayuda doméstica se selecciona con cuidado. Carmen, la madre de Adriana trabajaba de enfermera a tiempo completo, con dos niños en casa, y nunca necesitó flexibilidad. Se bastó muy bien —dijo en tono presumido. En silencio, Adriana le ofreció la azucarera y la crema a Raúl, mirándolo a los ojos al hacerlo. Cuando tuvo su atención, ella alzó las cejas y meneó su cabeza. Al aceptar el azúcar y la crema, él creyó entenderle el mensaje de que no había sido tan fácil o tan simple como su padre quería hacerlo en creer.

Él deseaba que ella le dijera algo a su padre, aunque fuera para recordarle gentilmente cómo su esposa se había esforzado por equilibrar las exigencias de su empleo con sus obligaciones de familia. Pero Adriana guardó silencio, su cabeza baja mientras revolvía el café.

Raúl endulzó su café y le echó crema. Tomando una cucharada de budín, dijo:

—Esto está rico, Adriana. Mis felicitaciones para la cocinera.

—Sí, bien hecho, m'ija. Sabe igual que el de tu mamá. Me trae recuerdos —se aclaró la garganta una vez más.

Por varios minutos estuvieron ocupados con el postre y el café. Raúl esperaba que Adriana o su papá comenzaran a platicar otra vez, pero cuando el silencio artificial se sintió incómodo, él decidió entablar plática.

—Tengo entendido que tienes una carrera muy exigente, Miguel —como le habían inculcado ser escrupulosamente cortés con sus mayores, se le dificultaba llamarlo "Miguel". Pero se forzó a hacerlo, pues si Miguel era un hombre moderno, como lo había dicho, no se ofendería.

—Sí, soy el director ejecutivo de un hotel grande. Soy el mandamás —se forzó a reír—. Todos los problemas que mis subalternos no pueden resolver, me los pasan a mí.

—Eso suena exigente y de mucha tensión —Raúl comentó.

—Es un reto —Miguel suspiró—. Pero me pagan bien. Muy bien pagado —recalcó. Haciendo una pausa, miró a Raúl con una mirada penetrante—. Adriana mencionó que estás aquí para una entrevista con la Universidad de Las Vegas. ¿Es cierto?

—Así es. Tuve mi última entrevista esta mañana. Me van a llamar dentro de esta semana.

—¿Por qué no te uniste al negocio de tus padres? —Miguel le preguntó bruscamente.

La pregunta lo tomó desprevenido, y volteó a ver a Adriana para que lo rescatara. Pero ella evitó su mirada, y se puso a recoger los platos vacíos del postre. Se levantó y volvió a la cocina. Él se había quedado solo con el padre de ella, y esta vez Raúl podía sentir cierta tensión en el aire.

—No me gusta el negocio de restaurante —respondió al fin—. Y creo que tampoco a ninguno de los cinco hijos de mis padres. Todos tuvimos otras ambiciones.

—Pero eso es ridículo —recalcó Miguel—. Qué pérdida, y que actitud tan irresponsable —meneó su cabeza—. No puedo entender cómo tus padres lo permitieron. Si yo hubiera trabajado duro para tener mi propio negocio, yo habría contado con mis hijos para que trabajaran junto conmigo y que tomaran las riendas. —Sobándose la barbilla, agregó—:

—Bueno, tal vez mi hijo no, él persigue la medicina. Pero desde luego que yo contaría con la ayuda de Adriana, aunque no le gustara el negocio.

Raúl se entesó. Sentía como si lo hubieran atacado personalmente. ¿Quién se creía Miguel de Los Santos? No tenía derecho a juzgar a los padres de Raúl o cómo vivían y habían criado a sus hijos. No solamente eso, la descarada hipocresía del hombre le revolvía el estómago. Por una parte, Miguel decía que quería que Adriana tuviera su propia carrera, y por la otra, él contaba con que ella desempeñara un trabajo, aunque no le gustara, sólo por ser un negocio de la familia.

—Creí que dijiste que quieres que Adriana tenga su propia carrera. Así también piensan mis padres, por eso es que permitieron a sus hijos que decidieran lo que ellos...

—No es lo mismo —Miguel lo cortó, ondeando su mano en un gesto despectivo que descartaba sus palabras—. Adriana puede decidir su carrera porque no tenemos un negocio de familia...

—Pero es la misma cosa —esta vez lo interrumpió Raúl, sintiéndose molesto—. Lo importante de una carrera no es el tipo de negocio que se desempeña, sino desempeñar lo que a uno le gusta. Que nos guste lo que hacemos es lo más importante.

—Como el gusto de enseñar en la escuela —el padre dijo con rapidez. Su cara estaba sonrojada, y sus ojos se le salían de sus cuencas—. ¿Como tu trabajo, Raúl Escobedo, encantado con el sonido de tu propia voz, dando clase a un montón de adolescentes? Y con tanto amor que te pagan nada por hacerlo —dio un golpe sobre la mesa con su puño, haciendo que los platos traquetearan—. Ser profesor de universidad no es profesión —Miguel dijo ceñoso—. Es un pasatiempo. Y no vas a poder sostener a una familia —agregó con desprecio—. Vale más que tu esposa tenga su carrera, una carrera lucrativa para que te sostenga.

Raúl tiró su servilleta al levantarse de su silla. Su único pensamiento era de retirarse. No podía creer el sesgo acrimonioso que había tomado la conversación. Tampoco podía creer lo obstinado y hostil que era el padre de Adriana.

—Papá, no te pongas molesto, por favor —Adriana le rogó al regresar de la cocina, parándose detrás de su papá, poniéndole las manos sobre los hombros.

—Sabes que no te hace bien para la presión de tu sangre.

Raúl volvió a mirar a Adriana, pidiéndole en silencio que lo ayudara. Pero ella bajó la vista, y parecía que sólo quería frotarle los hombros a su papá. Ni siquiera le sugirió a su papá que le pidiera disculpas a Raúl. Parecía que sólo le importaba la salud de su papá y aplacarlo.

Aunque fuera un simple profesor de universidad ganando una miseria, no tenía que aceptar esa clase de abuso, ni permitir que le menospreciara su profesión junto con los valores de su familia. Especialmente porque no parecía que a Adriana le importaba lo rudo que se había portado su padre.

—Es mejor que me vaya, Adriana —dijo—. ¿Tendrías la bondad de llamarme un taxi?

—Oh, yo puedo llevarte al hotel —dijo algo tímida.

—Yo creo que no.

Normalmente, no hubiera desperdiciado la oportunidad de estar a solas con ella, pero no esta vez.

No como se estaba sintiendo, como si su mundo se le hubiera desbaratado a su alrededor. Como si estuviera viendo a Adriana claramente por primera vez, y al fin dándose cuenta de que ya no debía albergar esperanzas.

—No puede aguantar el fuego —Miguel dijo en son de burla—. Va a refugiarse al hotel.

Papá, por favor, no —Adriana le rogó.

Sacudiéndose las manos de Adriana de sus hombros, su papá giró en la silla.

—¡No me andes con, "papá por favor"! Sabes muy bien que todo lo que dije es verdad —alzó la voz y sacudió su dedo índice frente a Adriana—. Tú sabes lo importante que es tener un trabajo bien pagado. ¡Por Dios, te he enseñado a que hagas decisiones acertadas!

Luego se llevó sus manos al pecho y se sostuvo en la silla. Se le había ido el color de la cara, estaba blanco como una sábana. Desde donde Raúl estaba parado, podía escuchar la respiración forzada. Adriana sostuvo a su papá mientras le pasaba el ataque.

Alarmado, Raúl, con sus brazos extendidos, dio unos pasos hacia Adriana con intención de ayudar, aunque no sabía qué hacer.

—Adriana, ¿qué tiene? ¿Qué le pasa?

Ella levantó la cabeza. Sus ojos color índigo estaban ensanchados por el terror.

—Es el corazón. Tiene alta presión. Por favor, llénale el vaso de agua. Yo iré por su medicina.

Raúl tomó el vaso y voló a la cocina. En unos segundos él y Adriana estaban de regreso con Miguel. Estaba con su cabeza caída encima de la mesa y sus manos sobre del lado izquierdo de su pecho. Ella lo ayudó a levantar la cabeza para darle su pastilla.

—Creo que debemos llamar a una ambulancia —

dijo Raúl—. Y mientras esperamos, puedo tratar de llevarlo a la cama o al sofá para que pueda acostarse.

—Dejen ... me ... así —las palabras de su padre eran tan forzadas como su respiración—. Medicina ... ahora ... me ... pondré ... bien ... en ... un ... minuto.

Estaba sobresaltado por el esfuerzo que le costaba respirar y su dolor tan visible, y a Raúl no le gustaba su papel de inútil.

—Adriana, tenemos que llamar a una ambulancia, por favor. Al menos lo pueden examinar, o podemos llevarlo a la sala de urgencias.

—¡No! —la palabra parecía haber salido de las entrañas del enfermo. Se había enderezado, y su respiración se había normalizado. Un vestigio de color había vuelto a su cara.

La medicina debe de haber surtido efecto, pensó Raúl. Aun así, no creía que debían de despreocuparse por la condición de Miguel. Raúl no podía entender por qué no quería que un doctor lo examinara.

—Pero creo... —Raúl comenzó a decir.

—¿No puedes dejarlo en paz? —Adriana lo interrumpió disgustada—. ¿Hacer lo que él quiere? No quiere ir al hospital. Y ha tenido mucho entrenamiento en medicina. Él debe saber si necesita ver a un doctor —con sus manos apuñadas, sus ojos le echaban chispas a Raúl. Sabes, esto nunca habría sucedido si no hubieras discutido con él. No siempre te puedes salir con la tuya, sabes.

No podía creer lo que estaba escuchando. Adriana lo acababa de culpar por la condición de su papá. Su razonamiento era tan torcido como el de su viejo.

—Llámame un taxi, por favor. Y gracias por la cena. Lo siento por el disgusto que causé.

Inclinando su cabeza hacia Miguel, dijo:

—Espero que se sienta bien, señor.

Mirando a Adriana, le dijo que esperaría al taxi en el porche.

Sus miradas se cruzaron y chocaron. Él podía leerle la furia y el miedo en sus ojos. Pero ella no desdijo sus desagradables acusaciones. Al contrario, actuó como si nada hubiera pasado, adoptando fácilmente su comportamiento profesional, con un exterior de tranquilidad intacta.

—Te llamaré el taxi. Déjame primero encaminarte a la puerta —dijo con cortesía.

La Universidad de Las Vegas lo llamó cuando él estaba en su oficina calificando papeles. El director del departamento de las humanidades personalmente le ofreció el trabajo, haciéndolo director del nuevo departamento multicultural. Le dio las gracias y aceptó el trabajo, prometiéndole llegar a tiempo para comenzar el período de verano.

Colgó el teléfono, empujó hacia atrás su silla giratoria, y puso sus pies sobre el escritorio. *Ésta debería ser una ocasión para celebrarla,* pensó. Desafortunadamente no tenía ganas de celebrar. No después de lo que había sucedido entre él y Adriana.

Era irónico, pero ahora que iba a mudarse a Las Vegas, sus relaciones habían terminado. Y ya no lo emocionaba mudarse simplemente para alejarse de su familia. Había estado haciendo examen de conciencia desde aquella noche en casa de Adriana, y había llegado a conclusiones sorprendentes.

Margarita, su prometida, no lo había herido porque en realidad él nunca la había querido. Habiendo conocido a Adriana, y el modo en que se sentía por ella, lo había iluminado.

Su noviazgo con Margarita había sido su primera y única relación de largo plazo. Después de cortejarla por varios años, él había creído que la quería y que debía casarse con ella. Pero era nada más algo superficial, y Margarita al figurárselo se había ido para aprovechar la verdadera felicidad.

No, Margarita no lo había herido, no profundamente como de veras cuenta, como Adriana lo había afectado. Lo que se le había herido era su orgullo propio, y no había querido compartir su humillación con la familia. Por eso había decidido escabullirse y dejar detrás de él las buenas intenciones de ellos.

Pero que él entendiera su pasado no era suficiente. Todavía existía la situación de sus circunstancias actuales, gobernadas por lo que profundamente sentía por Adriana. A pesar de cómo lo había tratado, culpándolo, y poniéndose al lado de su padre, él no había dejado de quererla. Y si tomaba una página del libro de Margarita, él no podía darse por vencido tan fácilmente.

Anteriormente, cuando él había temido llamarla, había temido otro rechazo, otra herida a su preciado orgullo. Consciente de lo que ahora sabía, y todavía sintiéndose afectado, no le importaba si ella le trituraba su orgullo en mil pedazos. Para ganar su amor, el riesgo valía la pena.

Junto con un posible rechazo, se había preocupado de que él ya no le importaba a ella, de que él había sido una simple distracción o una chifladura, como se lo había dicho su hermano. Ahora ya no estaba seguro de que ése era el motivo.

Pero aunque a ella sí le importara él, ¿cómo podría ella saberlo? Habiendo conocido a su padre, y lo dominante de su personalidad, Raúl pensó que a lo mejor el padre de Adriana le había lavado el cerebro con sus opiniones y con lo que esperaba de ella. ¿Era cierto que para ella su carrera era lo más importante? ¿O estaba nada más cumpliendo órdenes de su papá?

Todavía tenían que hablar, él decidió. En particular, quería saber exactamente lo que sentía ella, y no lo que sentía su papá.

Al hacer esta decisión, quitó sus pies del escritorio y tomó el teléfono para marcar el número de ella. Cuando contestó, él se identificó.

—Raúl —dijo ella, con una voz vacilante—. Qué gentil eres al llamarme.

—Me dieron el trabajo, Adriana —dijo sin ambages—. Voy a mudarme a Las Vegas en unas semanas.

Esta vez no fue una simple vacilación de su parte. Fue una pausa larga.

—Felicitaciones, Raúl, sabía que te lo darían.

—Oh, ¿de veras? Yo no estaba seguro.

—Pues yo sí. Deberías estar orgulloso.

Él quería hacer un comentario mordaz de que cómo podría estar orgulloso si no era nada más que un modesto profesor, ganando menos de lo estándar, pero logró contenerse y no enseñar su amargura.

—Quisiera saber si me puedes ayudar, Adriana.

—Lo haré, si puedo —la nota cautelosa en su voz era muy clara.

—Necesito volar allá este fin de semana y buscar un departamento. Como es tu pueblo, pensé que podrías ayudarme. No sé ni por dónde empezar, y tengo tan poco tiempo. Tú podrías dirigirme por qué rumbo ir. Y te estaré eternamente agradecido.

Hizo una pausa. Quería que ella prestara atención a su ruego. Si ella sentía alguna culpa de aquella noche en su casa, se le haría difícil negarse. Él sabía que su táctica era manipulante, y no le gustaba ser así. Pero quería verla otra vez y explicarle sus sentimientos. No se podía arriesgar a que ella se rehusara a verlo.

—Eso es —agregó él—, si tienes tiempo libre este fin de semana.

—Tengo que trabajar, Raúl —él se percató de que ella estaba vacilante.

—¿Todo el fin de semana? —él replicó, no quería permitirle que se negara.

—Tengo libre el sábado, pero no el domingo.

—Perfecto. Me puedes dar una orientación en general el sábado, y el domingo puedo regresar a los lugares que me gustaron y hacer una decisión.

—Bueno, creo que puedo llevarte a conocer —no sonaba complacida.

—A propósito, ¿cómo está tu papá?

—Está bien, le está yendo bien. Gracias por preguntar.

Allí estaba otra vez, su cortesía almidonada, su exterior distante. Barreras contra el mundo, barreras contra sus sentimientos. Barreras que él quería quebrantar de una vez por todas ese mismo fin de semana. *O morir tratando,* pensó con amargura.

Capítulo Nueve

Había sido un fin de semana pésimo en muchos aspectos, pensó Raúl descorazonado, mirando a través de la ventana del Taurus de Adriana. Había llovido los dos días, algo raro en el desierto, y eso había hecho la tarea de su búsqueda de departamentos sucia y desagradable.

Se había hospedado en el Xanadú por conveniencia, y había rentado su propio automóvil. Cumpliendo su palabra, Adriana lo había llevado por todo Las Vegas, enumerándole hábilmente las virtudes y desventajas de algunos vecindarios, y hasta de algunos edificios de departamentos. Él le había ofrecido llevarla a cenar para corresponderle, invitación que ella había rehusado con firmeza y cortesía. Desilusionado pero no sorprendido, él había aceptado su negativa mientras que juró en silencio que volvería a hablar con ella antes de partir.

Después de ver los lugares de renta disponibles, había decidido por el este de la ciudad, un nuevo suburbio que se extendía hacia la presa Hoover. Tenía casas de estuco con techos de tejas. Los edificios de departamentos no lo habían impresionado, por lo que había aceptado una casa particular con opción para compra.

Al firmar el contrato de renta, se había regresado al Xanadú, y a propósito había regresado su coche con mucho tiempo de anticipación. Había llamado a Adriana a su oficina para ver si después de que ella saliera de su trabajo podría llevarlo al aeropuerto. Aunque de mala gana, ella había aceptado.

Llegaron al aeropuerto y Adriana encontró un espacio para estacionarse. Apagando el motor, le dijo:

—No te incomoda si no entro, ¿verdad? Ha sido un día largo y necesito irme a casa.

—Mi vuelo es en dos horas. Es el vuelo de la noche.

—Oh, pues lo siento. Hay salas y restaurantes adentro —le informó.

Sobre el asiento, Raúl extendió su brazo, puso su mano sobre el hombro de ella y le dijo:

Adriana, necesitamos hablar.

Retirándole la mano, ella tomó el volante.

—No tenemos nada que hablar. Creí que tu visita a mi casa lo había dicho muy claro.

—No creerás las tonterías a las que tu papá se aferra, de que una carrera es lo más importante...

—Mi padre no se aferra a tonterías —interpoló—. Mi padre es un hombre muy listo. Y no ha tenido una vida fácil. Sólo ha podido depender de su trabajo.

—Pero tú no eres él, Adriana —se pasó la mano por su cabello, nervioso sobre su enfoque para no mostrar prejuicio—. A pesar de todo, él es hombre, y hasta hoy las cosas son diferentes para los hombres.

—¡Tu observación está basada en sexismo! Levantó su cabeza pero no lo miró, mirando resuelta a través del parabrisas.

—Sabía que dirías eso. Bueno, tal vez me equivoqué de enfoque —titubeando, trató otra vez—. ¿Fue tan fácil para tu mamá equilibrar su trabajo y la familia como dice tu papá que lo fue?

—Dejemos a mi mamá fuera de esto, ¿sí?

—Adriana, ¿por qué eludes mis preguntas? ¿De qué tienes miedo?

Apretando su mandíbula le echó una mirada tan llena de furia que si las miradas pudieran matar, él sería un candidato listo para su propio funeral.

—No, no fue fácil para mi mamá —admitió—. Cuando mi hermano o yo estábamos enfermos y necesitaba quedarse en casa... —no terminó, suspirando y torciéndose se retiró a la esquina más lejos del asiento del chófer, como una refugiada en su propio coche.

—Fue difícil, recuerdo. Y creo que mi papá también lo recuerda, aunque no quiere admitirlo. Entonces no tenía un buen trabajo, y necesitábamos el dinero. Creo que en el fondo se culpa a sí mismo, y cree que a la larga la tensión le afectó a mi mamá. Por eso es que no quiere que la misma cosa me pase a mí. Quiere que me concentre en mi carrera.

—Una carrera no es todo —declaró Raúl. Tener dinero es muy bonito, pero tener una familia es importante también. Y para hacer eso, especialmente si uno quiere niños, uno de los cónyuges tiene que sacrificarse, como lo hizo tu mamá. Pero no es de rigor que tenga que ser la mujer. Podría ser el hombre.

—Qué nobleza de tu parte —le dijo con sarcasmo—. ¿Por qué estamos hablando de tener niños? No veo lo que tenga que ver conmigo.

No había esperanzas. Él necesitaba decir lo que sentía en una forma directa y acabar de una vez por todas.

—Te quiero, Adriana —le confesó—. Creo que te amé desde el primer momento en que mis ojos te vieron. Sé que suena cursi, pero así es. Quiero tener una relación contigo, cortejarte, y esperar a que tú llegues a amarme también. Y un día quiero casarme contigo.

Se quedó asombrada al oír esas palabras. Sus manos apretaron el volante, tanto que los nudillos de sus dedos se tornaron blancos. Pero no quería dirigirle su mirada.

—¿Cómo puedes estar tan seguro, Raúl? Me conoces desde hace apenas unos días —al fin volteó a verlo, confusión y dudas en lo más profundo de sus ojos—. ¿Cómo puedes saberlo? —preguntó de nuevo.

Suspirando, él admitió:

— Créemelo, me he hecho esa misma pregunta mil veces. Pero sé lo que siento. Sé lo que siento por ti.

—No estoy lista, Raúl. Justo voy a graduarme y luego necesito tiempo para ejercer mi carrera. Ya te he dicho eso. He tratado de ser franca contigo.

—¿Es tu padre el que está hablando o tú?

—Ésa no es una pregunta justa. Tú no sabes... —sus palabras se desvanecieron.

—Sí sé una cosa. Sé cómo nos sentimos juntos. Cómo nos hallamos juntos. Al decir eso, se inclinó a través del asiento y suavemente le tomó su cara entre las manos.

Lentamente bajó su boca hasta la de ella. La sensación de aquellos labios lo hacía sentir como si estuviera otra vez en casa. ¿Cuánto tiempo hacía desde que la había besado? ¿Unos días? ¿Varias semanas? Le parecía más que una vida.

Ella se abrió ante él, como una rosa que florece tarde, acariciada por el sol. Su boca y su cuerpo lo recibieron con gusto, aun cuando lo rechazaban sus palabras.

Para él, besarla era como tocar las notas de una melodía que amaba, evocando un sentimiento glorioso y dulce, inquietante y tierno a la vez. Ella amoldó sus labios a los de él, dando y libando. Tibios y mojados y deliciosos, él le exploró los dulces rincones de su boca, robándole, saboreando lo satinado de su carne.

Con ganas de tenerla muy cerca de él, se la acercó, deleitándose en el simple placer de su cuerpo presionado contra el suyo, sus corazones latiendo juntos, y sus lenguas enlazadas. Se regocijó en el suave aroma a limón de ella, en lo suave de su piel debajo de sus uñas, y en su cabello de sedosos listones.

Sus bocas se hicieron el amor, aun cuando sus cuerpos no podían. Con sus lenguas bailando unidas, copulando y retrocediendo, regocijándose al estar fundidas.

Fue Adriana la que quebró el beso, al retroceder y plantarle las palmas de la mano en el pecho para retirárselo.

—No es justo —dijo sin aliento.

—¿Qué es lo que no es justo?

—Tú sabes.

—No, no lo sé. Háblame, Adriana —le rogó—. Explícamelo.

—Te quiero, Raúl. Me importas —ella meneó la cabeza y cerró sus ojos—. No sé si es amor. No puedo estar segura. Nunca...

—Te habías sentido así antes —él le terminó sus palabras.

—Sí, nunca —ella afirmó. Levantando la cabeza, abrió los ojos. Su mirada le buscó la cara, como si buscara respuestas—. Estoy tan confundida, Raúl. Por favor ten paciencia.

—Puedo tener paciencia, amorcito, tanta como Job, si es necesario. Pero no me hagas a un lado. Por favor, danos una oportunidad.

—Me voy a ir cuando me gradúe. Mi papá quiere que me quede aquí y acepte un trabajo. Pero no quiero vivir en Las Vegas, aunque me preocupa dejarlo por su salud.

—Entonces no lo hagas. Quédate aquí conmigo y

con tu papá. Acepta un trabajo aquí. Déjame que te vea. Danos el tiempo que necesitamos —le rogó.

Lo miró con sus ojos índigo empañados. Él se percató de que ella estaba llorando. No había querido eso, no quería herirla.

Meciéndola en sus brazos, le acarició su cabello color rojizo y murmuró:

—Está bien, Adriana, está bien.

—No está bien —musitó contra el pecho de él—. No quiero repetir los errores de mis padres.

Él se puso tenso al pensar qué quiso decirle. No estaba seguro de que quería saberlo, pero ya no podía hacerse atrás. Tenía que saber lo que ella sentía. Tenía que saber cuáles eran sus preguntas y sus dudas, por qué guardaba sus sentimientos tan encerrados, y por qué le temía tanto al noviazgo. Si no tumbaba las barreras, nunca lo sabría.

—¿Qué quieres decir, "el error de tus padres"? —preguntó—. Si nos casamos y tenemos niños no te dejaría toda la responsabilidad de cuidarlos. Lo haríamos juntos, además de ejercer nuestras carreras. Tampoco te exigiría que dejaras de trabajar. Eso sería tu decisión.

Raúl ahuecó su mano sobre la barbilla de Adriana, forzándola a levantar la cara y mirarlo. Sonriéndole dijo:

—Sucede que mi modesta profesión me deja mucho tiempo libre para cuidar niños. No me desagradaría hacerla de "Sr. Mamá", siempre y cuando seas feliz.

—Oh, Raúl —murmuró, trazándole la línea de sus mejillas con la punta de los dedos y rozándole sus labios con un beso. Eres tan dulce conmigo. No puedo creer lo que está pasando. Es como un sueño —meneó la cabeza de nuevo—. Pero no es tan simple. Es que no sé si estoy lista. No sé si puedo ser una buena esposa y madre. ¿Y si fracaso?

—No fracasarás. No te dejaré que fracases. No fracasaremos, si nos amamos.

—Desearía que fuera así de simple —repitió—. Mis padres se amaban, pero eso no les previno de hacer errores —lo miró con un ruego silencioso para que la comprendiera. Una vez te dije que mi papá debió ser doctor, ¿recuerdas? —No esperó la respuesta—. Desarraigó su vida para venirse a los Estados Unidos a estudiar medicina. Pero tenía un problema. Un problema serio. No lo sabía, pero era un jugador de vicio. Vino a Las Vegas de vacaciones y perdió todo su dinero en apuestas. Ya estaba casado con mi mamá, y ya tenían a mi hermano. Porque tenía familia que sostener, nunca regresó a sus estudios de medicina. Y nunca ha sido feliz haciendo lo que hace —agregó—. Por eso es tan irrazonable con eso de la carrera.

—Pero tú no eres él —le dijo de nuevo—. Y tampoco tienes el vicio de jugar, ¿o sí? ¿Por qué piensas... ?

—Porque —ella lo interrumpió con lágrimas rodándole por su cara—, porque creo que él culpa a su familia por haber tenido que abandonar su ambición, por renunciar a su sueño. Porque nunca he sentido que me ama, no a mí como persona separada de él —se limpió las lágrimas casi con furia—. ¿Qué no lo ves? Mi hermano y yo sólo somos extensiones de él. Y nosotros tenemos que realizar sus sueños porque él fracasó al intentarlo.

Tomándola por los hombros, quería sacudir algo de sentido común dentro de ella, como tantas veces anteriores. ¿Se había escuchado a ella misma? ¿Había escuchado lo que había dicho?

—Lo siento por tu papá —declaró—. Y lo siento aún más por ti, Adriana, por sentir que tu papá no te quiere —haciendo una pausa, organizó sus pensamientos, deseando decir lo acertado, deseando tranquilizarla—. No creo que tengas razón. Vi cómo tu papá te miraba. Creo que sí te quiere, pero ha perdido mucho, incluso a tu mamá. Es que no sabe como...

—No es eso, ¿que no te das cuenta? —lo interrumpió—. He aprendido a aceptar cómo es mi papá y a llevarnos bien. Eso no es lo que me asusta —sus ojos estaban ensanchados, llenos de miedo y dudas. Alzando su puño, se tocó en el pecho—. ¿Qué pasaría si yo fuera como él? ¿Qué pasaría si me caso y tengo niños, creyendo que estoy enamorada y que quiero tener familia, para luego descubrir que eso no es lo que quiero, y que el sacrifico es demasiado pesado? —Levantó la vista y lo miró, su voz un suave susurro—. ¿Qué pasaría si no puedo amar a mis propios hijos?

La pregunta lo dejó pasmado. No sabía qué responderle. Era como si un camión lo acabara de arrollar, aplastándolo. Él nunca había albergado esas dudas, nunca se le había ocurrido que hubiera alguien que pensara como ella. *Y soy profesor de sociología,* pensó con ironía. Un sociólogo algo protegido, se dijo, que había aprendido por medio de libros.

Habiéndose criado en una casa llena de amor, nunca había dudado de su capacidad para amar. Nunca dudó de su necesidad de tener su propia familia. Pero él no era Adriana. Él no había vivido la vida de ella, ni había sentido falta de amor, ni tampoco lo habían hecho sentirse culpable por haber nacido.

—Por Dios —gimió silenciosamente. Mirando las cosas desde el punto de vista de ella, la compadeció. ¿Cómo habría él salido adelante, en ese caso? ¿Cómo se habría sentido?

Se percató de que al fin le había descubierto los secretos. Ahora todo tenía sentido, desde su comportamiento emocionalmente frío hasta su inhabilidad de permitir que alguien se le acercara. Y su obsesión por su carrera.

Pero no podía dejarla ir, aun sabiendo lo que sabía. No podía darse por vencido. Sus brazos la sujetaron tiernamente.

—Debes haberte sentido segura del amor de tu mamá por ti —le comentó—. Lo sé por la manera en que hablas de ella.

Las lágrimas habían cesado. Habían sido reemplazadas por las facciones serenas que él conocía tan bien. Ella tenía sus ojos ocultos y sus labios con aflicción. Le había abierto su corazón, con la misma libertad con que le había entregado su cuerpo. Pero él pudo ver que ella estaba arrepentida y avergonzada, como lo había estado después de que se habían hecho el amor. Arrepentida y avergonzada y cerrada para él. Casi lo hacía gritar de frustración.

Poniendo sus manos contra él, lo empujó tratando de retirarlo.

—Sí, mi mamá me quería. Pero ella está muerta, Raúl —su voz se le quebró, una pequeña rajadura en su serenidad—. Nos dejó, a mi hermano y a mí —se volteó y miró a lo lejos, de nuevo, a través del parabrisas.

Prendiendo el motor, le dijo:

—Creo que ya debes irte —su voz llena de aplomo, sin emoción—. Ya dije más de lo que quería decir. Ahora ya sabes por qué no puedo quererte o considerar matrimonio. Simplemente no estoy segura, no estoy lista —mirándolo de reojo, se disculpó—. No quise herirte. Traté de ser franca contigo desde el principio —su voz se le oyó como un murmullo ronco—, *Vaya con Dios, profesor.*

Ella puso el coche en arranque. Él ya había dicho todo lo que podía decir. Aun sin embargo, había mil cosas más que él deseaba decirle.

—Renté la casa particular que vimos cerca de Boulder Highway, ¿la recuerdas? —le preguntó, aunque sabía que no debía esperar a que ella le contestara—. La voy a ocupar el primero de junio. Si alguna vez llegas a necesitarme, para cualquier cosa, ya sabes dónde encontrarme —hizo una pausa, tratando de decidir si debía decir las palabras que le estaban quemando un hoyo en su pecho—. Siempre te amaré, Adriana. Pero no quiero que sientas remordimiento por lo que siento. Fuiste franca conmigo. Y yo ya soy mayor, capaz de manejar mis sentimientos. Simplemente quiero que sepas, que sepas siempre, que eres amada.

Ella no contestó, sólo agarró el volante y vio por el espejuelo retrovisor.

Él sintió fuego en sus ojos, y no era por los lentes de contacto. Si no se salía del coche, iba a terminar en lágrimas. Tomando su maleta del asiento trasero, salió del coche y se paró en la orilla de la acera.

La miró irse en la lluvia torrencial. Su cara estaba mojada, lágrimas saladas entre la lluvia del desierto.

En la biblioteca, dándole los toques finales a su tesis, Adriana no sabía cómo la habían encontrado. Deliberadamente, ella había desconectado su celular para observar el reglamento de silencio en la biblioteca.

Tratando de recordar, se supuso que debía haber sido su profesor de la tesis que les dijo dónde podrían buscarla. Un momento había estado revisando hojas de microficha, y al siguiente alguien le había tocado el hombro.

Sorprendida, levantó su mirada hacia la cara de una extraña. Era una estudiante que trabajaba como corredora de mensajes en la oficina principal. Por medio de esa extraña, Adriana había escuchado la noticia de que su padre había sufrido un severo ataque al corazón. Lo habían llevado de emergencia al Universal Medical Center.

El resto del día había tomado un sesgo surrealista, sentía que una pesadilla la perseguía. Se había ido apresuradamente al hospital, frenética, casi enferma de miedo y temor. Al llegar le habían permitido verlo sólo un momento en la unidad de vigilancia intensiva.

Había llorado al verle el cuerpo cubierto con una sábana, y un asombroso conjunto de tubos y dispositivos vigilantes conectados a su cuerpo incapacitado. Las enfermeras le habían explicado que estaba bajo un fuerte tranquilizante, y que podía verlo seguido pero sólo por unos minutos. Cuando ella les había hecho preguntas específicas acerca de su estado, las enfermeras las habían eludido, diciéndole que tendría que esperarse a hablar con el doctor, un cardiólogo.

Su espera para hablar con el cardiólogo había sido una forma de tortura despaciosa. Se había tomado un sinnúmero de tazas de café amargo de las máquinas tragamonedas. No había comido en todo el día, y no le importaba si nunca volvía a comer. El doctor Davenport había llegado, al fin, a las ocho de esa noche.

Le había dicho que su papá estaba en estado crítico pero estable. El hospital le iba a hacer unos exámenes y a vigilarle el latido mientras que trataban de bajarle la presión de sangre. Después, probablemente su papá necesitaría cirugía de puente coronario. Pero al igual que el resto del personal médico, el doctor había hablado en términos generales, explicándole que necesitaba tiempo para observar al paciente y estar seguro del tratamiento apropiado.

Al irse el doctor ella había llamado a su hermano, Juan. Había querido llamarlo mucho antes, pero se había detenido por su entrenamiento como doctor. Sabía que al llamarlo, él la bombardearía con preguntas médicas. Había decidido hablar con el doctor de su papá antes de llamar a su hermano.

Le había tomado varias llamadas para localizar a su hermano en un hospital de Los Ángeles, donde él era un doctor en residencia. Cuando al fin se comunicó, tenía para él más preguntas que respuestas. Y le había rogado que viniera, lo necesitaba. Necesitaba su presencia y apoyo moral.

Juan se había rehusado a venir, diciéndole que le era imposible porque estaba en sus últimas semanas de residente. Él se había ofrecido para hablar con el doctor Davenport, y tratar de enterarse de todos los detalles del caso de su papá. Le había prometido llamarla y al doctor cada día. Y tan pronto como pudiera, iría a verlo.

Adriana miró al reloj de reglamento en la pared de la sala de espera. Ya eran pasadas de las dos de la mañana. Ya era mañana. Ayer había sido el día más largo de su vida. Las enfermeras le habían aconsejado que se fuera a casa a descansar y a cambiarse de ropa, pero no podía dejar a su papá solo en el hospital. No podía pensar que estaría con extraños en caso de que despertara. ¿Qué pasaría si él despertaba y no había nadie? ¿Nadie que le era familiar o que conocía? Nunca se perdonaría.

Si tan sólo hubiera alguien que pudiera quedarse con él mientras ella iba a casa. Esa noche no había nadie, pero mañana llamaría a Marta, la criada, para que viniera. Acurrucándose en la silla de plástico y descansando su cabeza contra la pared fría del hospital, pensó que tenía que esperarse sólo unas horas más. Aunque Marta no era familia, al menos era una cara familiar.

Con ese pensamiento, se permitió cerrar sus párpados por un minuto.

Los minutos, que se habían hecho horas, comenzaron a prolongarse a días, y luego a semanas. Adriana se paseó por la confinada sala de espera. Debía de haber caminado más de mil millas en la pequeña sala. El hospital se había convertido en su casa. No quería que su papá estuviera solo. Por lo tanto, no había podido hacer sus exámenes finales, y había recibido una extensión para hacerlos después. Sin previo aviso, había renunciado a su puesto, causándole al jefe un paroxismo de trabajo, pues el hotel estaba falto de personal.

Marta no había sido ninguna ayuda al declarar que no era su lugar quedarse en el hospital. En realidad le tenía aversión a los hospitales, admitiendo que no le gustaba la atmósfera burocrática, el olor, las enfermeras arrogantes, o las salas sombrías. La gente enferma o por morir le causaban tristeza, le confesó a Adriana. Además, le había dicho a sus parientes que le permitieran morir en paz y en casa.

A sabiendas de esto, Adriana le pidió que se quedara en el hospital por sólo unas horas cada vez. Sólo el tiempo suficiente para que Adriana fuera a su casa a tomar una corta siesta, bañarse, y mudarse de ropa. El resto del tiempo Adriana estaba a la cabecera de su papá o en la sala de espera. Tomaba todas sus comidas en el hospital, apenas tocando la comida desabrida y blanda.

Las enfermeras de todos los turnos la adoptaron porque casi siempre estaba allí. Y no se detenían en aconsejarla o en decirle lo trasnochada que se veía. Cada día le decían que se fuera a casa a dormir, no nada más a tomarse una siesta. Cuando se rehusó, una de las enfermeras nocturnas le encontró un catre vacío en un cuarto de víveres, y le permitió dormir en él, aunque era contra las reglas del hospital.

El estado de su padre no había cambiado desde que lo habían admitido. Su cuerpo estaba funcionando con la ayuda de toda clase de máquinas a las que estaba conectado. A veces recobraba el conocimiento, pero luego lo perdía, y apenas se percataba de que Adriana estaba a su lado. Juan la llamaba seguido y trataba de alentarla. El doctor Davenport la tenía al tanto, y le decía que su papá estaba reaccionado tan bien como se podía esperar, tomando en cuenta el severo trauma que su cuerpo había sufrido. Todo lo que se podía hacer era esperar a que recobrara el conocimiento para decidir el siguiente paso.

La espera la consumía, le devoraba sus fuerzas y esperanzas. Cada día que pasaba lo sentía como un peso que se le iba acumulando sobre sus hombros, uno sobre otro, sin ver el fin. Además, le molestaba una pregunta: Si su papá no comenzaba a restablecerse pronto, ¿lograría recobrarse? Ya le había preguntado a su hermano y también al doctor, pero los dos le habían contestado que era demasiado prematuro para saberlo.

Ella podía sobrevivir sus horas interminables de ocio, la comida desabrida, el catre estrecho y hasta la falta de aseo personal si sólo pudiera saber una cosa: que su padre iba a mejorarse.

Se dejó caer en una de las sillas de plástico y se cubrió su cara con las manos. Si tenía que mirar esas paredes una vez más, iba a gritar. Hasta se había memorizado cada raspadura y mancha que tenían.

Al mirar fijamente las paredes incambiables día tras día, le había dado más que el tiempo suficiente para pensar y preocuparse. Después de pasar así dos semanas, deseó poder irse a casa a descansar, a poner en blanco su mente para escapar su constante preocupación.

Pero no podía irse.

Si su papá recobraba totalmente el conocimiento mientras ella estaba ausente, nunca se perdonaría no haber estado a su lado, por haberlo dejado solo con gente extraña. Y un impulso más fuerte aún comenzó a echar raíces en un rincón de su cerebro. No estaba orgullosa de esto, pero tampoco podía descartar su temor que casi era una superstición:

Desde la muerte de su madre, no había estado yendo a la iglesia con regularidad. Su padre y hermano habían asistido sólo por complacer a Carmen cuando ella todavía vivía. ¿Sería que Dios estaba castigando a la familia y ahora también quería llevarse a su padre?

Oraciones a diario en la capilla del hospital, y su contante desvelo al lado de su papá, se habían convertido en una forma de penitencia para ella. Era una súplica silenciosa a Dios para que no se llevara a su padre. En la capilla encontraba paz, y por medio de sus rezos se volvía a conectar con una fuerza más poderosa y más capaz que ella para perdonar. Regresaba a sus simples creencias de su niñez.

Pero se dio cuenta de que eso no era suficiente. Sus recuerdos más vívidos de la iglesia y religión estaban inextricablemente conectados con su madre, con el compartimiento de la fe con otro ser humano. La gente no nada más es carne y hueso, también es espíritu. Ella necesitaba desahogarse con otro ser humano, además de necesitar el calor de ese contacto. Alguien que ella pudiera tocar, y que la tocara y tranquilizara cuando se desesperaba.

Bajó sus manos y levantó la cabeza. Caminó hacia el televisor empotrado en la pared y lo apagó. Luego recorrió la sala varias veces y regresó a su silla. Levantó una revista que se había memorizado de portada a portada y volvió a hojearla.

Encerrada en un hospital con un padre enfermo que apenas se daba cuenta que ella y un personal extraño lo cuidaban, se sintió abandonada, como una náufraga en una isla desierta. La desesperación y la soledad eran sus constantes compañeras, y su tenue conexión con su fe se hizo para ella muy importante. Con tanto tiempo disponible, comenzó a examinar su vida.

¿Por qué estaba tan sola, sin nadie a quien llamar en caso de una crisis? Tenía un hermano, pero él no podía dejar su trabajo. Y tenía otros parientes, pero muy lejos, en Puerto Rico o en España. Sin duda, Juan había avisado a los parientes de su mamá en Puerto Rico, pues habían mandado tarjetas.

Se sentía avergonzada de que no había hecho un esfuerzo por avisarles, aunque disponía de mucho tiempo libre. Pero no estaba acostumbrada a estar en contacto con esos parientes, excepto por medio de las tarjetas obligatorias de Navidad. Además, no era razonable esperar que ellos volaran a Las Vegas y la acompañaran en su vela.

Su papá tenía amistades casuales y conocía a algunas personas de negocios en el pueblo. La compañía de él le había mandado flores, y algunos de sus asistentes habían pasado una vez a visitarlo muy brevemente. Varias gentes que ella conocía, estudiantes y compañeros de trabajo, también lo habían visitado durante los primeros días. Pero ella no se atrevería a decir que eran verdaderos amigos. No tenía ni una amiga íntima.

Tampoco podía contar con Marta. Y aunque hubiera querido ayudarla, Marta era sólo una empleada, no una amiga.

No había nadie a quien Adriana pudiera recurrir, nadie quien pudiera ayudarla. Nadie quien pudiera quedarse en el hospital en vela. Nadie quien pudiera tranquilizarla y escuchar todos sus temores. Esa verdad que acababa de descubrir la atemorizaba. Saber que estaba sola en el mundo era algo que la acobardaba. Y casi sentía pánico por el miedo de perder a su padre.

Pero ella había hecho su propio lecho, ahora tenía que acostarse en él, como acostumbraba a decir su mamá. A encararse a él. Si no tenía amistades, no era culpa de nadie más que de ella misma. Nunca se había tomado el tiempo para cultivar amigas, porque había estado muy ocupada en su papel de hija abnegada, demasiado ocupada cumpliendo con las órdenes de su padre.

Después de la muerte de su madre, su mundo se le había derrumbado. Ambas habían sido muy unidas. Su mamá la había colmado de amor. Y para llenar el vacío que ella le había dejado, Adriana había buscado ese amor en su padre, sólo para percatarse de que él era diferente. Amor no era algo que él podía dar libremente, más bien era una preciada comodidad que se tenía que ganar.

Su madre le había contado la historia de su padre, de dolor y fracaso y sacrificios por su familia. Enterada de esto y porque necesitaba la aceptación y cariño de su padre, Adriana había tratado de entenderlo y tenerlo contento.

Pero no importaba lo que ella hiciera, para su padre nunca había sido lo suficiente como para que ella se ganara su aceptación incondicional. Con cada premio que le desplegaba a sus pies, él le urgía que subiera aún más alto, que se esforzara aún más. Fue entonces cuando la semilla de la duda comenzó a germinar dentro de ella. Había comenzado a creer que la vida de él se había arruinado quedando truncada al tener que hacer a un lado sus ambiciones para sostener a su familia. Adriana creía que él resentía a su familia por no haber realizado su sueño.

Para no repetir los errores de su padre, ella había adoptado su perspectiva acerca del mundo: que el triunfo era un Dios, el único digno de adoración, y que la gente y los vínculos no valían la pena.

Le había sido fácil, muy fácil adoptar esas creencias. Al adoptarlas, lo había complacido y se había ganado una pizca de su afecto. Manteniéndose ocupada no había necesitado a nadie. Si se mantenía aislada, entonces no llegaría a sentir la herida del rechazo. Rendir tributo exclusivamente al triunfo se había convertido en su lema. Si su madre no podía ser reemplazada, ¿para qué intentarlo?

Al no necesitar amistades, se había aislado a sí misma, así como lo había hecho su padre. Se había aislado hasta el punto de inexistencia. Ahora ya no había nadie. Nadie a quien ella pudiera acudir, nadie que le pudiera ayudar, y nadie que pudiera entender el dolor por el que estaba atravesando.

Excepto...

Raúl, que vagaba por su mente. Ella recordaba sus ojos café, tibios, y su modo de reírse. Recordaba cómo se sentía el roce de la yema de sus dedos por su cara, y la manera en que él se pasaba su mano por el pelo cuando se ponía nervioso. Cada hora de cada día desde que su padre había sido hospitalizado, ella había peleado contra las imágenes que su mente conjuraba. Peleaba y se esforzaba contra ellas como demonios de exorcismo.

No era justo, ella decidió durante los primeros días al lado de su papá. No era justo para Raúl, sabiendo lo que él sentía por ella. No era justo dirigirse a él para pedirle ayuda en su hora de necesidad, después de haberlo rechazado.

Pero aquellas palabras finales de él no se le borraban, aunque ella se esforzaba por no recordarlas, y en sus rezos fervorosamente pedía olvidarlas:

Si alguna vez necesitas algo, ya sabes dónde encontrarme. Quiero que sepas, que siempre sepas, que eres amada. Eso le había dicho. Y Raúl era hombre de palabra, lo había dicho con sinceridad.

Un sollozo llegó a su garganta, y lágrimas refrenadas le quemaban sus ojos. Volvió a cubrirse la cara con sus manos, no quería que nadie notara su tristeza. ¿Cómo pudo haberlo dejado? ¿Cómo pudo haber desechado su amor?

Al fin se había dado cuenta de que amar y el amor eran las cosas más importantes en el mundo. No el triunfo, no la ambición, y desde luego, no el amasar capital. Sin amor, nada tenía significado.

De prisa se puso de pie, se limpió sus lágrimas y le informó a la enfermera de turno nocturno que regresaría dentro de una hora.

El viaje a la casa de Raúl le parecía interminable. Pero eso no debería ser sorprendente. Encerrada entre las paredes del hospital por tanto tiempo, Adriana había perdido la noción del tiempo. Las horas desocupadas se habían estirado, vacías y entre bostezos, hasta que el transcurso del tiempo había perdido su significado.

Echando un vistazo al inminentemente práctico reloj digital en su puño que su papá le había dado el año anterior para su cumpleaños, leyó la esfera iluminada. Era el seis de junio. Sintió un profundo descanso al exhalar el aliento que sin darse cuenta había estado reteniendo.

Apresuradamente y con un gran empeño de encontrar a Raúl, había salido del hospital sin molestarse en ver la hora o la fecha. Una vez que estaba en el coche, se dio cuenta de que tal vez él aún no se había mudado. No se había dado cuenta de qué día era. Pero se acordaba que él le había dicho que se mudaría para el primero de junio. Dijo una oración para encontrarlo en casa. Consultando su reloj de nuevo, vio que eran las tres de la mañana. Él debe de estar en casa. Luego se perdió, aunque creía que sí sabía dónde estaba situada la casa. Anduvo por el sudeste de Las Vegas, y se reprendió por no haberle prestado más atención.

Divisó la casa que recordaba, de estuco con techo de tejas. Y al ver la pila de cajas vacías de mudanza para la basura, supo inequívocamente que ésa era la casa. Dio vuelta, se estacionó frente al garaje de Raúl y apagó el motor. Allí se quedó en la oscuridad, llena de ansiedad, pensando cómo la recibiría.

Al recordar lo gentil, considerado y comprensivo que era, cerró sus ojos. ¿Cómo podía dudar de él? Abrió los ojos.

Abriendo la puerta del coche, se apresuró hacia la puerta principal y la tocó fuerte, llamándolo por su nombre a la vez, sollozando su nombre una y otra vez.

Capítulo Diez

Tropezándose y echando maldiciones, Raúl luchó hasta ponerse los pantalones. ¿Quién tocaría a su puerta a esta hora? Al mirar al reloj sobre su mesita de noche, se dio cuenta de que eran pasadas de las tres de la mañana.

Cuando abrió la puerta, Adriana se echó entre sus brazos, sollozando, sin soltarlo. Él estaba asombrado, sorprendido, pero era una de las sorpresas más gratas que había tenido en mucho tiempo. Sus brazos la estrecharon, sujetándola muy cerca de él, acariciándole el cabello, murmurándole palabras para calmarla, aunque no conocía la razón por la que debía calmarla. Pero eso no importaba, todo lo que importaba era el hecho de que ella había venido a buscarlo. Después de varios minutos, se serenó y sus lágrimas terminaron en hipo. Él quería saber qué pasaba, pero podía tener paciencia. El tenerla en sus brazos no era exactamente un sacrificio.

La había extrañado. Y había pensado en ella a todas horas. Cuando ya estuvo en Las Vegas, pensó que la veía en todas partes: en los terrenos de la universidad, manejando por la calle, o hasta empujando su carreta llena de comestibles en el mercado A & P. Pero encontrarla en su puerta a la medianoche sobrepasaba sus sueños más absurdos.

Ella levantó su cabeza y él la besó ligeramente en

los labios. Ansiosa, partió los suyos y le correspondió. Para él tenerla en sus brazos y que ella correspondiera a sus besos era como un sueño que se había vuelto realidad.

¿Qué había pasado? ¿Qué había cambiado?

La necesidad de comprenderlo lo hizo romper el beso. Alzó su mano y le secó las lágrimas de las mejillas.

—¿Qué pasa, Adriana? Estoy feliz de verte, pero es algo tarde para una visita social. No es que me esté quejando —agregó luego—. Eres bienvenida en cualquier tiempo, pero... —vaciló—. Has estado llorando. ¿Qué pasó? —la tomó por el brazo—. Ven a la sala y siéntate. ¿Quieres un café?

—No, café no —se sentó en la orilla del sofá—. Pero gracias por ofrecérmelo. Y lo siento que es tan tarde. Estas últimas semanas, día y noche casi no las puedo separar. Espero que no tengas que levantarte temprano mañana.

—No importa, mañana es sábado.

Se sentó junto a ella, y decidió que tampoco quería café. Ella se le acurrucó cuando él extendió su brazo alrededor de ella. Apenas podía creerlo. Ésta no era la Adriana distante que él recordaba, la mujer con más barreras que una carrera de obstáculos. Pero él aprobaba completamente.

Perdición, aprobaba hasta de más. Ya hasta había comenzado a revivir sus esperanzas.

—No sé qué día es —admitió ella.

—¿Qué estás tratando de decirme? —le besó la coronilla—. Calma.

Lo dijo todo de prisa: el ataque del corazón de su papá y su condición inestable, sus desvelos al lado de él, además de todas sus preocupaciones y temores y dudas.

—He tenido mucho tiempo para pensar las cosas,

Raúl. Y estaba tan sola —le confesó—. No había nadie que me ayudara —levantó la vista y lo miró, tocándole los labios con la punta de sus dedos. En los rabillos de sus ojos, comenzaron a brillarle nuevas lágrimas. Él no quería verla llorar otra vez. Inclinó su cabeza y se las secó besándolas.

—Tenías razón, Raúl. No hay nada tan importante como la familia, y que se preocupen por ti. Sin eso no eres nada.

Ella se estiró para ponerle sus brazos alrededor del cuello, y lo besó. Raúl sintió que el beso le quemaba el alma. Cuando se le desprendió, ella le dijo:

—Gracias porque te importo. Por estar dispuesto a escucharme. No tengo a nadie más.

—Siempre me tendrás —le contestó—. No te puedes deshacer de mí.

Ella se rió. Era un sonido incierto, a pesar de eso, llevaba una nota de esperanza.

Y él quería acompañarla en su risa, reír a carcajadas, gritar de júbilo, y ahullar hacia la luna de la alegría que sentía por lo que ella le había admitido. Quería tomarla en sus brazos y llevársela a la recámara y hacerle el amor apasionadamente sin que nada ni nadie importara. Quería decirle cuánto la quería y arrodillársele y proponerle matrimonio.

Pero se contuvo. Esta no era la ocasión, no con su padre en el hospital en estado crítico, y ella preocupada por la incertidumbre del resultado. Ahora lo que ella necesitaba era alguien que la apoyara moralmente.

—Vamos al hospital —le dijo él.

Sus ojos color índigo se le ensancharon.

—¿Lo dices en serio? Pero tú y mi papá...

—Eso no es importante —la interrumpió—. Lo que sí es importante es que tu papá se restablezca.

—Raúl, ¿Cómo puedo agradecértelo?

—No necesitas agradecérmelo, Adriana. Esto es lo que hace la gente cuando te estima.

Al mirar a Raúl sentado pacientemente al lado de su papá, se le llenaron los ojos de lágrimas que se quemaron en su garganta. Había llorado después de haber visto a su papá por primera vez en la sala de vigilancia intensiva. Aunque superficialmente, más o menos había mantenido su entereza. Hasta esta noche.

Al fin se había desquitado por las semanas que no había llorado. Sabiendo que esta noche tenía alguien dispuesto a ayudarla y a tenderle la mano, dio riendas sueltas a su dolor y a su desesperación.

Con Raúl a su lado, podía permitirse expresar todo lo que sentía. Y ahora tenía ganas de llorar otra vez. Se restregó los ojos. Pero esta vez era un llanto diferente, un llanto agridulce porque él le había tocado el corazón con su abnegación, con su capacidad de benevolencia infinita.

Recordaba la escena horrible entre su papá y Raúl. Con ésta todavía en mente, se quedó asombrada cuando Raúl le ofreció quedarse al lado de su papá mientras ella iba a casa a descansar. La compasión y comprensión de Raúl le llegó al alma. Resonaron a esperanza y amor.

Fue en ese momento que ella se convenció de que él la quería de verdad, y al fin aceptó su amor. Además, supo que ella también lo quería. Aceptar este regalo maravilloso de un hombre, y querer reciprocar con todo el corazón y su alma y su cuerpo, la hacía sentirse humilde. Con Raúl a su lado, podía encararse a cualquier futuro, de eso estaba segura. Y sus vidas podrían estar siempre llenas de riqueza, tal vez no en el sentido material, pero sí en otras formas que importaban más... mucho más.

Su madre habría aprobado a Raúl y al amor entre los dos, eso se le vino a la cabeza, y luego pensó de dónde le había venido esa idea. Por un segundo, sintió el espíritu de su madre muy cerca de ella, guiándola. Pero la sensación se le escapó tan pronto como le había llegado. Pensó que a lo mejor se lo había imaginado.

Raúl alzó la vista y la vio vacilante, parada cerca de la puerta. Él le sonrió y dijo:

—Vete a casa a descansar. Vamos a estar bien.

Sofocando sus lágrimas, asintió. Se fue a casa y durmió por veinticuatro horas.

Durante los siguientes tres días, Raúl y ella se turnaron para quedarse en el hospital. Él se las arregló para dar sus clases, y hasta traía papeles para calificar mientras se quedaba con el paciente.

Al tener tiempo para dormir y comer y cambiarse de ropa sin prisa, Adriana comenzó a sentirse otra vez como ser humano. Y cada día que pasaba, su amor por Raúl crecía y se hacía más profundo.

Después de tanta espera, después de los días tan largos y semanas de frustración, todo sucedió a la vez. Su papá recobró el conocimiento y sobrepasó su punto crítico. Él y Adriana se abrazaron y lloraron. Todavía estaba débil y dormía mucho, pero le desconectaron algunos de los dispositivos y le permitieron empezar a tomar comida regular. Juan arribó desde Los Ángeles y consultó con el doctor Davenport. En la sala de vigilancia intensiva dieron de alta a su papá, y lo mudaron a un cuarto regular. Durante todo esto, Adriana tuvo a su lado la presencia de apoyo sólido de Raúl, siempre y cuando su horario de clases se lo permitía.

Su hermano aceptó a Raúl, y hasta parecía que le simpatizaba. Su papá saludó a Raúl y conversó con él brevemente. Con la ayuda de su hermano, ella relevó a Raúl de sus turnos de vela para que pudiera ponerse al corriente con el trabajo que había estado descuidando.

El doctor Davenport le dijo que quería que su papá descansara por varios días y que comiera comida sólida para recobrar sus fuerzas. Después que se repusiera, le explicó el doctor, lo operaría para hacerle puente coronario cuádruple.

Luego, fuera del cuarto, el doctor le explicó a ella cómo planeaba llevar a cabo el procedimiento. Trató de tranquilizarla, citándole estadísticas acerca del alto porcentaje de éxito de esa operación. Y al fin admitió que en su opinión profesional su papá se recuperaría completamente y viviría una vida normal.

Le dio las gracias al doctor y comenzó a reanudar sus esperanzas. Cuando le pidió una opinión a su hermano acerca de la operación, él la tranquilizó y le comunicó que ya había hablado con el doctor. Estaba de acuerdo con la opinión del doctor Davenport y con su prognosis.

Era como si sus oraciones hubieran sido escuchadas, como si estaba doblemente bendita al descubrir el amor de Raúl por ella, y por tener a su papá en vía de recuperación.

El día llegó para operar a Miguel. Adriana y Juan se fueron al hospital, y se estuvieron con su papá durante la preparación para la operación hasta que se lo llevaron en camilla al quirófano.

El doctor Davenport le informó a Juan que podía observar la operación, pero no aceptó, prefiriendo quedarse en la sala de espera, acompañando a Adriana. A Raúl le tocaba dar clase en la universidad, pero había prometido venirse al hospital tan pronto como terminara su última clase.

Para Adriana, las horas pasaban muy despacio, aunque Juan le había dicho que la operación podía durar varias horas. Los dos se fueron a la cafetería, pero sólo lograron picotear la comida.

Cuando regresaron a la sala de espera, se encontraron a Raúl. Los saludó, y tomando a Adriana la levantó en un abrazo quiebrahuesos, murmurándole palabras tranquilizantes.

La enfermera entró y les anunció que la operación ya había terminado. Luego el doctor, todavía vestido en ropa para cirugía, llegó a decirles que la operación había sido todo un éxito. Los tres se abrazaron y besaron llenos de júbilo. Adriana hasta sintió necesidad de besar al doctor Davenport, y lo hizo sonreír.

Se pasearon por la sala por una hora más, esperando que a Miguel se le pasara el efecto de la anestesia. Luego entrarían a verlo. Al fin entró la enfermera y les anunció que podían entrar a verlo por unos minutos. Adriana y Juan se fueron de prisa a verlo.

A mitad del corredor, Adriana se dio cuenta de que Raúl no iba con ellos. Se regresó, y lo encontró sentado en la sala de espera, hojeando una revista.

—¿Qué no vienes? —le preguntó.

Levantó su cabeza y le sonrió.

—Esta vez, no. Tal vez mañana. Tú y Juan van a ser suficiente emoción por el resto de hoy. Pero aquí te espero.

—Bueno. ¿Estás seguro?

—Estoy seguro.

Se fue rápido por el corredor, y entró a ver a su papá. Juan estaba de pie a su lado y le había tomado su mano. Ella se fue al otro lado de la cama, y con delicadeza lo rodeó con sus brazos y se inclinó a besarlo.

—El doctor me dijo que puedo dejar la cama en una semana. No me puedo quejar. Me parece magnífico.

—Oh, papá, nos da tanto gusto —declaró Adriana—. No sabes lo preocupados que estábamos.

—¿Dónde está Raúl? —preguntó su papá.

Sorprendida de que su papá le hiciera esa pregunta, le respondió:

—Está en la sala de espera. Pensó que nosotros dos te causaríamos suficiente emoción por hoy.

—Tráelo aquí —ordenó—. Quiero hablar con ustedes dos.

Ella miró a Juan y alzó sus cejas. Su hermano se encogió de hombros y se ofreció para ir a traerles café, aunque no para el paciente.

Salieron los dos, y ella encontró a Raúl en la sala de espera, todavía leyendo la misma revista. Le explicó que su padre quería verlo. Como ella acababa de hacerlo con su hermano, Raúl también alzó sus cejas, pero no dijo nada. Ella no sabía qué más decirle. Estaba tan desconcertada con la orden como lo estaba Raúl.

Tomados de la mano, ambos caminaron hacia el cuarto de su padre, pero cuando entraron él tenía sus ojos cerrados. No quisieron molestarlo, y decidieron irse. Pero él debía de haberlos oído porque los llamó:

—Vengan acá, necesito hablar con ustedes dos, especialmente contigo, Raúl.

Se quedaron de pie juntos, al lado de la cama.

—No tengo muchas fuerzas, así que seré breve —dijo su padre. Abriendo sus ojos volteó a ver a Raúl—. Gracias por ayudarle a Adriana. Necesitaba a alguien —hizo una pausa para tomar fuerzas—. Y quiero pedirte disculpas por la forma en que me porté aquella noche durante la cena...

—De veras, señor de Los Santos, no tiene porqué —lo interrumpió Raúl—. Lo comprendo.

—No me interrumpas, joven, y no me digas "señor de Los Santos". Para ti, soy "Miguel" —tosió y se aclaró la garganta. Miró a Adriana y le dijo—: ¿Me das un vaso de agua?

Ella le cumplió su antojo, sirviéndole agua de un pichel a su lado. Se tomó toda el agua.

—Como iba diciendo. Quería disculparme por mi comportamiento de esa noche. Fue imperdonable, y todo lo que puedo ofrecerte como explicación es el hecho de que me atañe el futuro de mi hija —puso el vaso sobre la mesa y miró a Raúl—. Era fácil ver que estás enamorado de ella. Lo tenías escrito en toda tu cara. Parecías un perro con mal de amor —riéndose entre dientes, tuvo que detenerse porque comenzó a toser de nuevo. Después de recobrar el aliento, le reveló—: Así me pasó con Carmen, la madre de Adriana. Ella fue lo mejor que pudo haberme sucedido —volteó a ver a Adriana—. La quería más que a mi propia vida. Cuando la perdí me fue muy difícil seguir adelante.

Vacilante, con un ademán llamó a Adriana para que se le acercara más. Con sus ojos llenos de lágrimas y un nudo en su garganta, Adriana le tomó la mano y se la apretó.

—Me di fuerza para seguir, por mis hijos. No eran adultos y me necesitaban. Pero me sentí muy inadecuado —se llevó la mano de Adriana a su boca y la besó—. Sabía que eras muy apegada a tu mamá, Adriana, como debe ser toda hija. Y yo no sabía cómo reemplazarla. Todo lo que yo sabía hacer era trabajar duro y sostener a mi familia. No pude realizar mi sueño, y creí que debía ayudarte a realizar el tuyo. Si lo lograba, pensé que sería un buen padre —volviendo la cabeza para no verlos, declaró—: Así hice que mis hijos triunfaran, especialmente Adriana, pero estaba equivocado. No supe cómo enseñarte las cosas que eran importantes, como lo hacía tu madre. Que amar a alguien y tener una familia es mucho más importante que una carrera —volviendo su cabeza hacia ella, le confesó:

—Mi corazón sabía esas cosas, desde luego. Por eso es que con egoísmo trataba de retenerte a mi lado, Adriana. No quería que aceptaras citas o que te casaras o que encontraras un empleo mejor lejos de aquí. Quería tenerte para mí. Porque, porque... —se le quebrantó la voz—, tú eras todo lo que me quedaba de ella, todo lo que me quedaba de tu madre. Y tú me la recuerdas mucho. Mucho. Y te quiero mucho, como la quería a ella, y por eso no quería perderte. No quería perderte —repitió con su cara bañada en lágrimas.

—Oh, papá —murmuró, y dulcemente le abrazó el cuello—. No lo sabía. No comprendía cuánto estabas sufriendo. Creo que era porque yo también estaba sufriendo. Yo también te quiero, papá. Aunque me case y tenga mi propia familia, siempre voy a quererte, ¿sabes?

—Claro que sí. Fui muy tonto al pensar que podía retenerte —sobre la cabeza inclinada de ella, él miró a Raúl—. Y te has encontrado a un hombre bueno, m'ija. Sabía que se había quedado conmigo para que tú pudieras descansar. Después del mal trato que le di, no lo hubiera culpado si nunca más hubiera querido volver a verme —dándole una palmadita a la espalda de Adriana, volvió a acomodarse en sus almohadas—. No lo dejes escapar. Él es lo que llaman, "pa' quedarse con él".

—Lo sé —dijo ella. Se apartó un poco de él para verlo fijamente. Nunca antes se había sentido tan rodeada y envuelta de tanto amor y paz. Su papá estaba muy encariñado con ella, y siempre lo había estado. Simplemente, él se había sentido inadecuado para saber cómo debía criarla. Según él, había hecho lo mejor posible al enseñarle cómo enfrentarse con la vida. Pero no la había querido dejar que se fuera. La quería tanto como para retenerla a su lado para siempre. Fue una revelación y catarsis a la vez, liberándola, haciéndola sentirse entera otra vez.

Una enfermera abrió la puerta y se asomó anunciándoles que ya lo habían visitado demasiado tiempo, que el paciente necesitaba descansar. Adriana se sorprendió al darse cuenta de que su papá había cerrado sus ojos de nuevo, y que su respiración era normal. La enfermera tenía razón. Él ya se había dormido.

Tomando a Raúl por el brazo, los dos salieron del cuarto de puntillas. Su hermano los estaba esperando en el corredor. Ella le explicó a Juan que su papá estaba descansando, y se disculpó por monopolizarle su tiempo.

Juan los miró y se sonrió, diciendo que no le molestaba. Con cierto pestañeo les preguntó si su papá les había dado su bendición. Primero ella no supo lo que él quería decir. Al caer en cuenta, se sonrió.

Su hermano inclinó su cabeza y les dijo que estaría en la sala de espera, si lo necesitaban. Adriana lo miró alejarse, segura de lo que iba a hacer en ese momento. Volteó a ver a Raúl, no podía esperarse ni un segundo más para decirle lo que ella sentía, para abrirle su corazón.

—Te quiero, Raúl. Creo que te he querido desde el primer momento en que te vi —era un eco de las palabras que él le había dicho aquel día lluvioso en el coche de ella—. Yo estaba demasiado ciega para verlo.

Raúl se llenó de júbilo, la tomó entre sus brazos, y le dio vueltas y más vueltas, sin importarle las expresiones de horror en las caras de las enfermeras estacionadas cerca de ellos.

Cuando al fin él la bajó y sus pies tocaran el piso, él le dijo:

—Cásate conmigo, Adriana. Ahora mismo, esta noche. Por todo Las Vegas hay capillas que casan. Podemos casarnos en un par de horas.

—¿Qué? ¿Qué estás diciendo, Raúl? Mi papá acaba se salir del quirófano. Quiero casarme en la iglesia en un vestido de bodas. Quiero que mi papá me entregue —con un dedo ella le tocó el pecho—. Y me gustaría creer que me quieres presentar a tu familia, y que asistan a la boda.

—Haremos eso después —así ella dejó de argüir—. Nos casaremos por segunda vez con toda la familia y vestidos largos y todas las flores que tú quieras. Pero no quiero que recapacites o que te arrepientas. Quiero casarme contigo hoy en la noche y saber que ya estamos unidos, que juntos vamos a forjar nuestras vidas.

—Pero esta noche no es la ocasión para hacerlo. Quiero regresar a visitar a mi papá...

Él la calló con un beso sediento y lleno de pasión que exigía lo mismo de los labios de ella. Derritiéndose contra él, le enredó sus brazos alrededor del cuello y lo besó con todo su corazón, con su cuerpo, con su alma.

Quebrando el beso, él le murmuró:

—Nunca va a ser la ocasión perfecta —sonrió con ironía—. O tal vez debería decir que si nos queremos con un amor verdadero, cualquiera ocasión es perfecta.

Ella no podía responder a su lógica. Él sentía cierta necesidad que ella comprendió. Le había tomado tanto tiempo reconocer y aceptar sus sentimientos por él, que ahora él necesitaba que ella le comprobara ese amor. Necesitaba saber que ella estaba más que dispuesta a dedicarle su vida.

Y lo estaba, más que dispuesta. Ella quería casarse con él.

Él había sido muy dedicado y paciente, abnegado y comprensivo. Siempre había estado a su lado para apoyarla. Ahora él necesitaba la devoción de ella. Quería que le afirmara su amor por él. Ella cayó en cuenta de que eso era justo, y lo menos que podía hacer.

De corazón quería matrimonio con él. Casarse con él en una capilla en Las Vegas sonaba muy romántico. Además, luego tendrían una segunda boda, una legítima boda. ¿Cuántas mujeres pueden jactarse de eso?

Mirándolo a sus ojos café, ella estuvo de acuerdo.

—Sí, me casaré contigo esta noche. Y el mes que entra, y el mes después del que entra, y en tres años más, y...

Raúl le calló sus tonterías cuando su boca encontró la de ella, sellando así el nuevo compromiso, el compromiso que hacían para toda la vida.

FLAMANTES NOVELAS DE ENCANTO DISPONIBLES EN FEBRERO 2001

__CON TODO MI CORAZÓN
por Caridad Scordato 0-7860-1281-1 $3.99US/4.99CAN
Brad Evans no puede dejar de preguntarse, ¿qué hace Daisy Ramos con un tip como él? Mientras tanto, Daisy piensa que él jamás se casará con ninguna mujer, menos aún, con ella. Su mente le advirte romper su relación con Brad—pero su corazón apasionado le dice ¡algo completamente diferente!

__LUNA AZUL
por Dalia Vargas 0-7860-1210-2 $3.99US/$4.99CAN
A punto de convertir un sueño en realidad, Sylvia Martínez se lanza en una arriesgada expedición. Si termina la misión, la beca que necesita desesperadamente será suya. La tenaz bella latina está decidida a que nada se interponga en sus aspiraciones de ser oceanóngrafa. Ni el miedo. Ni el peligro. Ni tampoco una pasión . . .

__SOLO TU
por Lynda Sandoval 0-7860-1216-1 $3.99US/$4.99CAN
Alguna vez, Pilar y Danny Valenzuela pensaron que estaban destinados a vivir juntos toda la vida. Pero después de catorce años de casados y dos hijos, eso parece como el sueño descabellado de dos adolescentes ciegamente enamorados. Desilusionada porque a su marido parece importarle más su trabajo de policía que sus obligaciones como esposo, Pilar lo echa de la casa, y trata de seguir adelante sola. Pero Danny está decidido a encarrilar el matrimonio rumbo a la felicidad eterna, por vía de los recuerdos—y el callejón de los enamorados . . .

__DULCE DESTINO
por Leticia Gómez 0-7860-1224-2 $3.99US/$4.99CAN
A pesar del consejo de su médico, tomar la vida con calma no es la intención de Enrique Alemán, adinerado empresario de Miami, cuando llega a la acogedora pensión de Nuevo México. Pero al ver a su encantadora anfitriona de cabello renegrido, piensa que un poco de relajación y romance sería una buena idea. Amparo Reyes es todo lo que un hombre podría desear, y también está enamorada de Enrique. Pero ella está firmemente arraigada a Nuevo México y nunca quiere alejarse de las pintorescas montañas Jemez . . .

UTILCE EL CUPÓN EN LA PRÓXIMA PÁGINA PARA ORDERNAR ESTAS NOVELAS

Disfrute estas flamantes ¡Novelas de Encanto!

__CON TODO MI CORAZÓN
por Caridad Scordato
0-7860-1281-1
$3.99US/$4.99CAN

__LUNA AZUL
por Dalia Vargas
0-7860-1210-2
$3.99US/$4.99CAN

__SOLO TU
por Lynda Sandoval
0-7860-1216-1
$3.99US/$4.99CAN

__DULCE DESTINO
por Leticia Gómez
0-7860-1224-2
$3.99US/$4.99CAN

Llame sin cargo al **1-888-345-BOOK (2665)** para hacer pedidos por teléfono o use este cupón para comprar libros por correo.

Nombre ______________________________
Dirección ______________________________
Ciudad ______________ Estado _____ Zona Postal _______
Por favor, envienme los libros que he indicado arriba.
Precio de los libro(s) $__________
Más gastos de manejo y envío* $__________
Impuesto sobre el precio de venta $__________
(en los estados de NY y TN solamente) $__________
Cantidad total adjunta $__________
*Agregue $2.50 por el primer libro y $.50 por cada libro adicional.
Envie un cheque o *money order* (no envie dinero en efectivo o *COD*) a:
Encanto, Kensington Publishing Corp., 850 Third Avenue, New York, NY 10022
El precio y la disponibilidad de los libros pueden cambiar sin previo
El envio de los pedidos está sujeto a la existencia de los libros.
Visítenos en Internet al www.encantobooks.com

All Latin
All the Time

Cien por Ciento
Todo el Tiempo

TOTALLATINO.COM

Subscribe to our INTERNRET service and enjoy a TOTALLATINO experience!

¡Subscribete a nuestro servicio de INTERNET y disfruta de una Experiencia Totalmente Latina¡

Latinlaffs, latinacorner, Sportsymás, TLKids, TLEntertainment, TLCyberNovelas and much more!

LOG ON NOW!!

¡CONECTATE AHORA!

For only $14.99 a month
Por sólo $14.99 al mes